L'ovest KOBE
MORELIA
L'OVEST
KOBE
CHIKARA
SHOJI
TECHNIQUE
JUDGMENT
AUTONOMY
DEDICATION
SINCERITY

力の源

藍より青く

「ロヴェスト神戸」代表
昌子力

はじめに

「昌子さんは、サッカー指導歴、何年になりますか？」と聞かれたら、いつも困ってしまいます。

19歳の時、大学の近くにあった、少年サッカークラブで臨時コーチを務めたことがありました。大学4年生の時には、サッカー教室で指導をしたこともあります。

アルバイト的な指導を加味しないのであれば、大学卒業後、指導者人生をスタートさせた、神戸FCへ奉職した時がスタートなのかもしれません。

それから数えても40年が経っています。ベテランの域に入って来ました。

指導者だけでなく、サッカーをプレーしていた時期も含めると、人生61年のうちの52年程、サッカーに関わり続けて来ました。

指導者を始めた頃は、学生時代までのプレーヤーとしての目線、感覚でしかサッカーを捉えることができていませんでした。

それなりにサッカーをして来たプライドが「サッカーを知っている」という気持ちにさせていたのだと思います。

しかし、指導者を続けていくうちに、サッカーという世界の大きさを思い知らされました。もう少し細かく表現するならば「指導者として求められる能力の多さ」についていけるのか、不安になったと言った方が近いかもしれません。

先輩指導者から「サッカー指導者は、良き指導者であると同時に、良き人であれ。良き哲学者であれ。良き教育者であれ。良き親であれ。良きマネージャーであれ。良き営業マンであれ。良き広報マンであれ。良き友達であれ」と教えてもらったことがあります。

サッカーというスポーツが、あらゆることを求めて来る以上、指導者はそれに対応していかなければなりません。

サッカーは人間性を求めて来ます。勝ち負けを競うチームスポーツなので、チームワークも必要です。

チームワークというものは、個人の人間性を集団の人間性に変換していかなければ成り立ちません。またサッカーは試合中にタイムが取れないため、自分で考えて判断しなければならず、プレー自体が人間性によって左右されます。

そう考えると、サッカーというスポーツを上達させる役割を担う指導者に、相応の人間性が求められることは言うまでもありません。指導者を始めてから数年が経つと、頭を打たれる時が来ます。サッカーの技術や戦術の知識だけでは、指導が成り立たないことに気がつくのです。

そこで様々な役割を駆使しながら、些細な出来事を糧にして進んでいかなければなりません。そこでの経験をもとにチャレンジし、成功や失敗を次なる糧にします。それを繰り返すことで、自分の財産は増えていくのです。

指導者として、日本代表選手を育てることも大事な仕事ですが、サッカーを応援してくれる仲間（指導者、審判、サポーターなど）を育てることも、大きな仕事です。あるいは地元クラブや地域サッカー協会をサポートする大富豪を育てることも、大きな役割かもしれません（笑）。

結局はサッカーが好きでたまらない、サッカーと関わりたい、一時的に離れたとしても、サッカーにまた関わりたいなど様々な思いを育み、育成することこそが指導者の役割であり、目標であると思います。

勝つことと育てることは別物ではありません、両方大事です。

勝つから育つ、負けからも育つ、育つから勝てるのです。

大事なのはその方法論であり、それらを取り巻く環境です。育成年代のサッカーをきちんと評価する環境（考え方、メディアの在り方、SNSの利用の仕方、モラル等）が伴わなければ、本当の意味で育成年代のサッカー向上は成し遂げられないでしょう。

息子の源は高校時代、インターハイで準優勝し、プロサッカー選手になりました。その後、日本代表に選ばれ、ワールドカップに出場しました。

ロシアワールドカップのスタメンのうち、唯一のJリーガーと言われ、32歳になった今でもJ1リーグでレギュラーを務め、チームの主将を任されています。

父として我が子を育て、指導者としてサッカー選手をたくさん育て、指導者を育て、組織を育て、日本サッカー協会公認S級ライセンス（現・JFA Proライセンス）を保持している……。そのような親子は、日本サッカー界の中でも唯一ではないでしょうか。

私は指導者として何をして来たのか？

親子で何をして来たのか？

よければ源のプレーやインタビューでの振る舞いを、ご覧になってみてください。何か参考になることがあれば、この書籍にその理由が「ヒント」として隠されているかもしれません。

昌子　力

CONTENTS

3 ヴィッセル神戸時代

4 姫路獨協大学への道

5 ロヴェスト神戸

6

昌子 源

7

育成論

CONTENTS

構成●鈴木智之
カバー・本文写真●南伸一郎（Studio F-ROG）
本文写真●著者提供
松岡健三郎／アフロ
装幀・本文組版●布村英明
編集●柴田洋史（竹書房）

1

指導者になるまでの道のり

サッカーとの出会い

サッカーとの出会いは、小学校時代の小体連（小学校体育連盟）サッカーがきっかけでした。当時私が住んでいた、島根県松江市では小学校で様々なスポーツ活動があり、種目ごとに学校対抗の大会が開催されていました。サッカーだけでなく水泳や卓球、バスケットボール、バレーボールなどの種目があり、どの競技にも自由に参加できたので、季節ごとにいろいろなスポーツを楽しんでいました。水泳も得意で、25メートルを16秒で泳ぐことができ、地域では1、2を争うほどの速さでした。

卓球をしていた時のチームメイトに、卓球元日本代表・石川佳純選手のお父さんがいて、一緒に大会に出たこともありました。彼とは同じ小中高の出身で、高校の同窓会で再会した際に、お互いの子どものことで盛り上がり、互いに驚いたことを覚えています。それ以来、時々やり取りをしています。

小体連サッカーは小学校のサッカー部のような位置づけで、平日の放課後に1、2回練習がありました。当時は全日本少年サッカー大会がなかった時代だったので、市内大会に出場するといった活動をしていました。

練習の内容としては、特に決まったものはなかった様に思いますが、近所のおじさんが来て、サッカーを教えてくれていました。放課後の小体連サッカーの練習も楽しいものでしたが、昼休みや練習のない放課後に、友達と校庭で遊ぶ、タッチラインやゴールラインなどが引かれていない、ゴールだけがポツンと置いてあるサッカーが、とても楽しかったのを覚えています。私は足が速く元気も良かったので、一人でドリブルして得点を決めては喜ぶような、純粋な楽しみ方をしていました。

サッカーをしない日は、家の近所にある松江城の広場で友達と野球。石垣に当たったらホームランという独自ルールで遊んでいました。今では国宝になった松江城ですが、当時はあまり規制がなく、自由に広場を使っていました。ボールが石垣の隙間に入ってしまい、よじ登って取りに行ったこともありました。ボールが挟まったところまで登ると、隙間にヘビがいたり。今となっては良い思い出です。

中学進学時には、サッカー部に入るか野球部に入るかを真剣に悩みました。両方やりたい気持ちがありましたが、どちらにするにも決め手を欠いていました。

そんなある日、台所で夕食の支度をしている母に、「野球部とサッカー部、どっちに入ったほうがいいと思う?」と尋ねたことがありました。すると大して間が空くこともなく「サッカーにしたら」と返事が返ってきたので、特に深い理由もないまま、サッカー部に入部することを決めました。

あのとき「野球にしたら」と言われたら、その後の人生は大きく違ったものになったことでしょう。ちなみに、その時の母親の気持ちや思いは、その後一度も聞くことはありませんでした。

中学サッカー部で県3位になる

私が通った松江市立第二中学校のサッカー部は強くありませんでしたが、厳しい部活でした。練習を指導してくれる監督はおらず、顧問の先生だけがいました。そのため2歳上の中学3年生が指導を行っていたのですが、入学当初は先輩達から毎日の様に指導という名のしごきがありました。「人間競馬」と呼ばれる行事です。3年生が1年生を馬に見立てて学校の外周を走らせ、順位を予想するものでした。今ではありえない、問題となるような事ですが、当時そんなことは日常でした。

私を1位に予想する先輩もいれば、他の1年生を1位にする先輩もいました。そのため勝つと怒られ、負けても叱られるので複雑な思いでしたが、必死に走りました。

他に、グラウンドの隅にある高鉄棒に一年生全員がぶら下がり、グラウンドの対角線上の隅にある電信棒まで順に走ってタッチして、帰ってまた鉄棒にぶら下がるというものもありました。鉄棒にぶら下がっている間は落ちてはいけません。そして誰か一人でも落ちたら、最初からやり直しという厳しいものでした。

中学1年生の頃は毎日が苦しく、学校に行くのが憂鬱でしたが、この時の経験があったからこそ、先の人生で辛いことに耐えることができたのだと思います。辛く、理不尽な場面に出会っても「あの時のことを思えば、大したことないな」と感じるほど、忍耐力がつきました。しかし、このような基準設定は、高校生や大学生の頃にでき上がるものだと思っていましたが、まさか中学1年生の段階で、人生云々を語る様な体験をするとは思ってもみませんでしたが……。

辛い目に遭いながらも、中学2年生の時には県で3位という好成績を収めました。監督不在の弱小校としては、驚くべき結果でした。私も2年生ながら試合に出場していましたが、1学年上の先輩達の競技レベルがとても高く、県3位になっても不思議ではないチームでした。

中学年代で県3位という結果を残したことで、サッカー熱は一層強くなり、高校進学時に、サッカー強豪校に行きたいと考えるようになりました。

当時の中国地方でサッカーが強かったのが、広島県と岡山県です。全国大会で躍進する高校がたくさんありました。全国高校サッカー選手権大会の出場方式も今とは違って特殊で、中国地域5県から3チームが全国大会に出場していました。

広島県だけは単独で出場枠を持っていて、残りは岡山県と鳥取県で1チーム、山口県と島根県で1チームの出場枠が与えられていました。結果的に、ほぼ確実と言っていいほど岡山県代表と山口県代表が勝ち上がっていたので、鳥取県と島根県はサッカー不毛の地と呼ばれていました。

高校で県2位、中国大会出場

進路を決めるにあたり、親に「県外のサッカー強豪校に行きたい」と相談したところ、「アホなことを言うな」と一蹴されました。当時の私が住む島根では、サッカーのために越境入学するなど、考えられない時代でした。もちろんインフラも整備されていない時代だったので、他府県の高校チームと交流するのも一苦労。学校部活動以外のクラブユースチームなどは、影も形も発想もない時代です。ましてやサッカーで将来を考えるような時代ではありませんでした。

そこで私は「せめて大学は、サッカーの強いところで腕試しがしたい」という思いを秘め、県立松江北高校という普通高校に進みました。松江北高校は進学校で、当時は1学年450人中300人ほどが国公立大学に、残りが有名私立大学に進学するような学校でした。

高校サッカー部の監督は中京大学出身の体育の先生で、地元では有名なサッカー専門の先生でした。しかし残念なことに、先生は体調が思わしくなく、グラウンドに来ることが少なかったため、サッカーを学ぶ機会は多くはありませんでした。もう亡くなられてしまいましたが、自分が指導者になってから色々と話を聞いてみたい、多くのことを学びたいと思わせる気骨のある先生でした。

松江北高のサッカー部に入ると、同じ中学出身の1学年上の先輩4人と再びプレーすることになりました。この4人の先輩とはとても仲が良く、今でも付き合いがあります。

入学前の松江北高サッカー部は部員が9名しかおらず、否応なしに新入学の1年生2名は試合に出場しなければならない状況でした。

11人を揃えるのに苦労する様な高校でしたが、6月に行われた、中国高等学校サッカー選手権大会・島根県予選では、先発で出場させてもらい、県2位（決勝戦は行わず）を勝ち取り、本大会に出場しました。

本大会は1回戦で岡山の玉野高校に1対4で敗れましたが、大きな経験をすることができました。また高校2年生時のインターハイ予選では、県内有数の強豪校で優勝候補と言われた益田農林高校と対戦し、延長戦まで粘り善戦しましたが、ベスト8で敗退しました。

高校時代は全国大会に縁がありませんでしたが、チームでの活動や国体選抜に選考されたことなどが、大学サッカーへの意欲につながっていきました。

ちなみに私が大学1年生になる1982年に、島根県で国体が開催されることが決まっていました。もう1年遅く生まれていれば、高校3年生の時に地元国体を迎えられるところでしたが、運命には逆らえません。1学年上の私たちの国体選抜メンバーは、翌年の地元国体強化指定選手たちの良きスパーリングパートナーとして、頻繁に試合を行なっていました。

サッカー強豪大学を志望する

大学を選ぶ段階になり、親に「サッカー強豪大学に行きたい」と告げました。すると両親は「わかった。大学は好きなところに行っていい」と言ってくれました。

私は筑波大学への進学を希望していました。筑波は歴史と伝統のある強豪で、体育教員免許を取ることができます。将来は教員として、高校生や中学生にサッカーを教えるビジョンを持っていたので、筑波大学はうってつけでした。

ところが、予定は未定で決定ではない……のごとく、雲行きがおかしくなってきました。当時、4つ上の兄が国立大阪大学に通っており、大阪府吹田市にある島根県人会の学生寮に住んでいました。親はそんな背景をもとに「県外の大学に行くのはええけど、お兄ちゃんと一緒に生活してくれたら助かる」と言い出しました。最初の話と随分変わってきたなと思いながらも、結局、関西圏でサッカーが強く、教員になれそうな大学を探すことになりました。

そこで候補に挙がったのが、大阪教育大、京都教育大、そして大阪体育大学でした。大阪体育大学は当時、大阪府茨木市にあり、県人会学生寮から原付バイクで20分ほどの場所でした。当時の大阪体育大学はまだまだ知名度も低かったのですが、サッカーを思い切りできることと、親の希望を叶えられることが決め手となり、受験することにしました。もちろん、将来の目標に設定していた教員になるためには、教員採用試験を受験する必要がありました。そのための勉強は必要だったので、国公立大学へ進学した方が環境は良いのではないかと思っていました。

しかし「教員採用試験の合格を勝ち取るのは、自分次第ではないか」という気持ちも、最終的な決断を後押ししました。

幸か不幸か、兄が通う大阪大学も、住むことになる県人会寮も、大阪体育大学も、全てが近接した距離にあります。雲行きは怪しくなっていったとは言え、結果的には雨降って地固まったのかもしれません。

高校の進路指導の先生に「大阪体育大学を受験する」と伝えたら、「どこにあるんだ、その学校は?」と驚かれました。過去に進学した人が一人もいない状況でしたが、決意を貫きました。

大阪体育大学で坂本康博監督に出会う

大阪体育大学に入学し、サッカー部に入部すると、自分のサッカー経験の不足を痛感しました。私が通っていた地方の普通高校では、土日の練習試合は少なく、強化遠征などの経験も数えるほどでした。当時はそれが当たり前だと思っていましたが、全国から集まってきた強豪校出身の選手と出会ったことで、自分が過ごしてきた高校時代が、いかに甘いものかを思い知らされたのです。

大してサッカー哲学を持っていなかった当時の私は、サッカー部の坂本康博監督と、普通に話すこともできませんでした。

ですが、4年生の時に「2軍のキャプテンをやれ。全部面倒を見ろ」と言われたのは鮮明に覚えています。なぜ私がキャプテンに選ばれたのかは、今でもわかりません。その2軍チームは『北摂蹴鞠団《ほくせつけまりだん》』という名前で、大阪府社会人リーグから関西社会人リーグ、ひいては日本サッカーリーグへの昇格を目指しているチームでした。学生の間に、より高いレベルの試合を経験するために結成されたチームですが、結成から10年来、目標である関西社会人リーグへの昇格は果たせずにいました。

ところが私が4年生の時、大阪府リーグで優勝し、府県リーグ決勝大会も制し、念願の関西リーグへの昇格を果たすことができたのです。

この年度は1軍もインカレ初優勝を成し遂げ、後にも先にも2つの目標を達成できたのは、この年だけ。「1

軍が強い時は2軍も強い」を体現した時期でした。

後年、私が姫路獨協大学の監督を務めている間に、関西学生サッカーリーグや総理大臣杯予選等で、何度か坂本監督率いる大阪体育大学と対戦することができました。

坂本監督は昭和48年より、大阪体育大学サッカー部（昭和40年創部。昭和41年、関西学生サッカー5部リーグ初参戦）のコーチ・監督・総監督として、２０１６年に退官されるまで、44年間指導をされました。

大阪体育大学在任中は学生リーグ優勝3回、関西学生サッカー選手権優勝8回、全日本大学サッカー選手権優勝2回、総理大臣杯全日本大学サッカートーナメント大会優勝3回といった戦績を収め、ユニバーシアード日本代表、全日本大学選抜、関西学生選抜などの監督・コーチを歴任されました。

その後、兵庫県三木市にある関西国際大学の教授になり、サッカー部の監督を経て、現在はアドバイザーを務められています。

私は当時、関西国際大学で非常勤講師を務めていた縁もあり、多くの試合や交流を通じて、ご指導を頂くことができました。

サッカーにおいて、勝利を求めるために大切なこと。目の前にいる選手に何が不足しているかを見抜く目を持つこと。試合で自分の持つ能力（パフォーマンス）を発揮するためには、身体操作能力が重要であること。勝つための戦術として必要なものは何なのか……。大学サッカーの世界で、チームを勝たせていくことの大変さに立ち向かう心も学んだ時期でした。

元大阪体育大学　坂本康博監督
（右：大体大2期生 白石幸夫先生）

経験の重要性を伝え、背中を押す

私がサッカー指導者を目指したきっかけは、自身の中学・高校時代の後悔がベースにあります。私は生い立ちの中で、若い時期における経験の重要性を痛感していました。その重要性を伝えるには、指導者になるしかない。そのためには教員になる必要があると考え、体育大学へ進学しました。

中高生の頃、将来はサッカー選手として生きていきたいと思った時期もありましたが、大学生になる頃には、プレーヤーとして生きていても、いつかは現役を引退すること。何よりも、自分自身のプレーヤーとしての弱点を理解していたので「この程度の実力であれば試合に出場できず、鳴かず飛ばずのまま引退を迎えるだろう」と思っていました。そこで「プレーするよりも教える方を目指そう」と考える様になったのです。

指導者として大切なのは、選手が学ぼうとするときに、背中を押してあげることです。私も挑戦する姿勢がある選手には、積極的に後押しをしてきました。しかし、何でもかんでも挑戦すれば良いわけではないのも事実です。条件が揃っていることが大切です。

選手が挑戦するべきか否か、私自身が背中を押すべきか否かの判断として大切にしているのは、目標の大小や目標達成の可能性の有無ではありません。目標達成に対する強い意志と、目標達成に向けた準備、取り組む姿勢です。その上で、選手を取り巻く人たちのサポートも大切だと考えています。

姫路獨協大学時代の印象的なエピソードの一つに、興國高校（大阪）出身の掃部《かもん》勇哉との出会いがあります。彼は姫路獨協大学サッカー部に入部し、1年生の頃から試合に絡む有望な選手でした。そんな彼が3年生になり、私のゼミを選択・受講してきました。サッカー部に入ってきた時は、将来の話をしたことはなかったのですが、ゼミでの自己紹介で、将来の夢として「第1に、高校3年生のときにプロからのスカウトを受け、プロサッカー選手になる」「第2に、20歳までにプロからオファーを受けるか、海外でプレーする」という目標を記載していたのです。

第1目標は高校3年生時のことなので、タイミングは過ぎていました。しかし、第2目標はまだ時間があります。私は彼を呼んで「今20歳だけど、本気で夢を叶えたいのか？」と聞くと「本気です。せめて大学を卒業した後には行きたいと思っています」と言うのです。私は「目標がブレているではないか。大学を卒業する22歳で海外に行くのでは遅いと思う。海外でプレーしたい夢を持っているなら、今すぐ行動を起こすべきじゃないか」と助言しました。

彼は最初、親の反対や経済的な問題、大学やサッカー部への責任など、様々な理由を挙げて躊躇していました。そこで私は彼の母親に連絡して大学まで来てもらい、本人と私を含めて話し合う機会を設けました。

結果として、最初の1~2年（大学卒業年齢の22歳まで）は、復学の可能性を残した休学という形にし、その後は状況を見て、退学も視野に入れた挑戦を提案しました。もちろん、親族によるサポートがなければ実現は不可能だったと思いますが、大切なのは自分で目標を立てること、実現に向けて、強い意志を持つことです。

私は彼との話し合いの中でそれを確認できたので、母親に連絡を入れました。本人の意思が確認ができなければ、この話は打ち消していたと思います。

そして2020年、スペインに渡り、CDレガネス（U－23チーム）やレアル・ムルシアに所属しました。その後はポーランドに拠点を移し、LKSウッチⅡに所属している様です。

海外でのプレーと言っても、Jリーグのレベルの方が高いケースもあるかもしれません。しかし競技レベルがどうであれ、選手は自分の競技レベルを上げたいと思うもの。海外での所属チームが2部であろうが3部であろうが、自分を知らない人たちの中で孤独に勝ち、人脈を築き、戦うことの大変さは競技レベルを超えて、人生の糧になることは間違いありません。そして「一歩前に踏み出さなければ、成る物も成らない」を実感し、後世に伝える必要性を感じることでしょう。

指導者としては、選手の可能性を潰すことなく、安全に配慮しながら、無謀な挑戦にならない様にサポートすること。そして、やりがいと生きがいのもとに、前進させるバランス感覚を持っていてほしいと思います。

別のケースでは、ブラジルにサッカー留学を希望する生徒がいた際、ヴィッセル神戸時代の先輩指導者であったネルソン松原さん（故人）に依頼して、受け入れ先を手配してもらい、送り出したことがありました。たとえプロになれなくても、外国語を習得し、異文化を経験することは、価値があると考えたからです。その彼は現在高校の教員をしており、子どもたちにサッカーを指導しています。

柔道で大人を投げる経験をする

私は小学校3、4年生の頃、柔道を習っていました。柔道レベルは白帯（無級）から青帯に進級した程度でした。青帯は6、7級程度だったでしょうか。当時、体の大きな先生を投げ飛ばしたことは、今でも覚えています。

幼い頃は、相手を投げることができた喜びを感じ、ただ嬉しいという感情だけで柔道を続けていました。

しかし自分がサッカーの指導を始め、当時を思い出したときに「なぜ体の大きな先生を投げることができたのだろう」と不思議に思いました。結論としては「先生が上手く投げられてくれたのだろう」ということです。私が技をかける時に、上手くできるように導いてくれていたのです。

柔道には、技をかける時のポイントがいくつかあります。膝の状況、肘のたたみ具合、すり足、襟や袖を持つ手、腰の入れ具合、体重移動など。それらのいくつかを押さえた上で、技を仕掛けることができた時、先生は意図的に投げられてくれたのです。

柔道の世界には「柔よく剛を制す」と言う言葉があります。この先生は、力に頼らずに解決する方法を教えてくれていたのだと思います。

それは私が指導者になって理解できたことですが、技を習得する過程では、非常に重要な教育的配慮だったと思います。この経験から、私は少年サッカーの指導者やお父さんコーチに対し、「子どもの成長に応じて、適切に反応を変えること」の重要性を伝えています。

例えば、コーチが子どもと1対1をするとき。鋭いフェイントやしなやかな足運びが確認できた時は、わざと抜かれてあげるのです。最近はサッカー経験のあるお父さんコーチが増えており、本気になって「お前になんか抜かれない」「悔しかったらお父さんを（コーチを）抜いてみろ！」と、威厳を示そうとするのか、本気の姿勢で子どもと対峙する場面を見かけます。

もちろん、親としての威厳を示し、本気の姿を見せることは大切です。鋭くないフェイントやしなやかな足運びができていない時は、親が勝利すれば良いでしょう。

しかし本来、親としての威厳を示すべき場面は、別のところにあるはず。指導の場面では大人のプライドはさておき、子どもの成長を第一に考えることが大切なのです。

人生を変えた、ドイツサッカーとの出会い

大学2年生の時、サッカー人生を大きく変える出会いがありました。それが祖母井《うばがい》秀隆さんです。祖母井さんは大阪体育大学の卒業生で、1975年から1884年までドイツに滞在し、ケルン体育大学でコーチング学の

2019年、私のサッカー人生を変えてくれた祖母井秀隆氏と

学位を取得された方です。

後にジェフユナイテッド市原・千葉でゼネラルマネージャーを務め、ザムフィール監督やベングロシュ監督、オシム監督など、名だたる指導者を日本に連れてきた方なので、ご存知の方も多いと思います。

1984年の帰国後は大阪体育大学の教員となり、坂本監督のもとでコーチを務め、2軍の監督を務めていました。

祖母井さんの帰国のタイミングは、私が大学3年生になるときでした。ドイツで学んだことを私達に教えてくれ、指導内容は目から鱗が落ちるものでした。フォーメーションや戦術・パターン練習といったものはほとんどなく、個人戦術に関わるトレーニングが大半でした。祖母井さんは「個人のレベルを上げさえすれば、自ずとチーム力は上がる」ということを伝えてくれたように思います。

最初に教えてもらったのは「目と目が合った時にパスを出す」というプレー。ドイツ語で「目」を意味するブリック、すなわち「ブリックコンタクト」という考え方です。練習を進めていく中で驚いたのは、「ボールが欲しくないのなら、ボールを持っている選手を観るな」という考え方でした。「ボールを持っている選手ばかりを観ていると、ボールを欲しがっているように見える。本当にボールが欲しい時だけ観ろ」と言われました。「ボールから目を離すな」と教えられてきた自分からすると、言葉だけを捉えると、逆の意味になります。最初は戸惑いましたが、プレーするにつれて、確かにその通りだと感じました。

最近の小・中・高年代のサッカーの試合を観ていると、ボールを持っていない選手（オフの選手）の、首を振る回数の少なさが気になります。ボールが欲しくない時はボールホルダーを観ないイコール「ボール以外を観る」ことになるので、理にかなっている様に思います。

また、日本人選手によくある「おい！」「ハイハイ！」などの、パスを要求する声を出すなとも言われました。声を出してはいけないという意味ではなく、祖母井さんは「味方を慌てさせるような声を出すな」という表現で、「本当にボールが欲しい時だけ、目を合わせてアクションを起こしなさい。タイミング良くアクションを起こせば、味方は動いたところにパスを出してくれる。タイミングさえ合えば十分だ」と教えてくれました。

祖母井さんの指導は、技量の低い大学生の2軍レベルでも、十分に理解、実践できるものでした。毎日、これらの基本を繰り返し練習しました。最初はこれで大丈夫なのかと不安を抱き、疑心暗鬼になりましたが、試合で勝てるようになると、その不安は消え去りました。そして最終的には、関西リーグ昇格を果たすことができました。

祖母井さんには、戦術や技術以前に大切なものがあることを教えてもらいました。それがタイミングです。選手同士のコミュニケーションや状況判断を活かすも殺すも、タイミング次第なのです。祖母井さんの指導は、私のサッカーに対する考え方を、根本から変えてくれました。

ワールドカップ直前にドイツに渡る

大学4年の卒業前、祖母井さんから思いがけない提案を受けました。それは「ドイツに1ヶ月間、行ってみないか？」というものでした。祖母井さんの奥さんはドイツの方なのですが、年明けに私用でドイツに帰るということで、同行して、ドイツサッカー（海外サッカー）に触れてみないかというものでした。

私は卒業後、神戸FCに入職することが決まっていました。神戸FCの上司である加藤寛さんは坂本監督と大阪体育大学の同期生（5期生）、祖母井さんも同じ大阪体育大学出身ということもあり、祖母井さんは「加藤さんのもとで働くなら、海外経験をしてから行け」と勧めてくれました。時は1986年の1月から2月、メキシコワールドカップの直前でした。

最初の1週間は祖母井さんがドイツ留学時代にお世話になったという、ユルゲン・ジーベルツさんの家にホームステイさせてもらいました。ユルゲンさんのご自宅はケルン郊外にあり、自転車で20分ほどの所に1FCケルンのトレーニング場がありました。私は自転車を借り、毎日朝から夕方まで1FCケルンのトレーニングの見学に行っていました。午前中はトップチームがトレーニングを行い、夕方にかけて徐々に子どもたちのトレーニングが始まっていきました。

当時のトップチームには、西ドイツ代表のGKシューマッハー、MFトーマス・ヘスラー、リトバルスキー、ウーベ・バイン、FWクラウス・アロフスなど名だたる選手がいましたが、チームの成績は上がらず苦戦していました。

祖母井さんは「1週間後に迎えに来るから」と言い残し、和独辞典を置いていきました。ジーベルツさんのご家庭には、オリバー君という高校生くらいのお子さんがいて、幸いにも英語を少し話せたので、互いに片言の英語で会話をして過ごしました。

1週間後、迎えに来てくれた祖母井さんは「面白い所に行こう」と、ブレーメンに連れて行ってくれました。ブレーメンと言えば、当時の私は音楽隊よりもドイツ・ブンデスリーガのヴェルダー・ブレーメンだったので、練習を見学できたのはとても刺激になりました。しかも練習後に、奥寺康彦さん（1986年5月に古河電工復帰、日本国内最初のプロサッカー選手となる）のご自宅にお招きいただき、一泊させてもらいながら夕食を共にして、お話を聞く機会を頂きました。

翌日はレムシャイトという街に行き、風間八宏さんを訪ねることができました。祖母井さんは奥寺さんが1FCケルンに入団した当初に通訳をしていた関係で縁が深く、風間さんがドイツに渡る時に関わりを持っていたそうです。

私はその時、社会人になる前の大学4年生です。聞きたいことといっても、指導者としての基準となる物差しを持っていませんでした。大した質問ができず、唯一覚えているのが「プロ選手の中に、喫煙している人はいますか？」という稚拙な質問でした。今となっては反省ばかりです。

ブレーメンからレムシャイトと移動した後、ハンブルクに行きました。そこには関西学生女子ハンドボール選抜チームが遠征に来ており、応援に駆けつけました。

大阪体育大学は女子ハンドボール部が非常に強く、当時も連覇をしていましたが、現在も2024年度のインカレ優勝を経て、11連覇を成し遂げている最中です。そんな選抜チームには、同じ大学の後輩も数多く選ばれていたので、応援の甲斐もありました。外国の地で、知った日本人に会う経験も初めてで、些細なことですが不思議な感覚でした。ナショナリズムを初めて感じた時だった様に思います。

ドイツ滞在の残り半分はケルンに戻り、ケルン体育大学の学生寮に滞在することになりました。和独辞書と自転車を頼りに、2週間ほどを過ごしました。

ケルンの街を巡る余裕も出てきて、街を散策しながら、1FCケルンの練習見学は欠かさず行っていました。子どもたちが取り組むトレーニングのバリエーションもそうですが、指導者の熱意や1FCケルンというクラブ施設の充実度、グラウンド設備の機能性など、驚くことばかりでした。とはいえ、指導者になっていない私にとっては、ただ驚くだけで、何も得てはいませんでした。

その中で一つだけ、今でも色褪せないお土産があります。それはプロ選手のトレーニングから子どもたちのトレーニングまで、一日中観ていたお年寄りが多くいた風景です。彼らは長い視点で選手の成長を見届け、将来の1FCケルンを支えてくれるだろう子どもたちの成長を楽しみながら、クラブの行く末をイメージし、日々、全カテゴリーのトレーニングを見学しているのだそうです。

一生の思い出になったドイツ旅行でしたが、大阪空港出発時に、大きなハプニングがありました。30万円ほど入った現金の封筒を、寮に忘れてきてしまったのです。それらは旅費や滞在費として必要な経費で、祖母井さんに渡す予定でした。

しかし、忘れてしまったものはしょうがないと、祖母井さんに立て替えてもらい、何とか1ヶ月乗り切りました。帰国後すぐに返済しましたが、初めての海外渡航でミスをしたことは、後の海外遠征における引率業務に役立ちました。

この話には後日談があります。私と祖母井さんがドイツに行っていた頃、大学では1軍のインカレ優勝パーティーと2軍の関西社会人リーグ昇格パーティーが開かれていました。私は監督へ報告することなくドイツへ行ってしまったので、坂本監督が「昌子がおらん!」と怒り出してしまったそうです。私は2軍のキャプテンだったので、パーティーの壇上で挨拶などしなければならなかったはずです。いま思うと「報連相」をせずに渡航したことは、若気の至りとはいえ、あり得ない失態でした。

田舎者コンプレックスを払拭

私が大学で副キャプテンを務めたのは、4年生になる時でした。当時、チーム全体で部員は120人ほどいて、1軍のキャプテンがチーム全体のキャプテン、2軍のキャプテンが副キャプテンという構成でした。

チームメイトには、高校時代にサッカー雑誌に載るような有名選手や、名門高校出身の同期や先輩がたくさんいました。私の同期は4年時にインカレ優勝を遂げたこともあり、松下電気(現・ガンバ大阪)、古河電工(現・

ジェフユナイテッド市原・千葉)、富士通(現・川崎フロンターレ)、田辺製薬(旧・JSL)といった、日本リーグ所属クラブに就職が決まっている選手が多くいました。

そんな環境の中で、いわゆる田舎出身の私は、入学当初は気後れしていました。しかし私には、それに対する反骨心がありました。

私はずっと、プレーの質と人間性の質は、必ずしも一致しないと考えていました。人望を得てリーダーになるのに、サッカーが上手いことだけが条件ではないと信じていました。そこで人間性を高めることと、田舎者というコンプレックスを払拭するために「真ん中理論」を実践し始めました。

これは私が考えた理論なのですが、電車では必ず真ん中の席に座る。トイレでも真ん中の個室・便器を使用する。偶数しかない時は、本部に近い側を選ぶといった様に、常に中心部に着座・位置することを心がけていました。些細なことかもしれませんが、人前に出ることや人に囲まれること、人に挟まれることを恐れない。隅っこでモジモジしないために、何事も中央部分でこなすよう、意識的に生活していました。常に人の目に触れる場所に立ち、様々な角度から見られる経験を積めば、気後れしなくなるのではないかと考えていたのです。

友人との会話では理論武装し、飲み会でも必ず真ん中に座るようにしました。上手な選手や1軍の選手が集まる中でも、構わず真ん中に割り込んで座りました。「なんでこんなとこに来るんだ」と言われても、我関せずです。

こうした努力を続けるうちに、徐々に慣れてきて、気後れすることも少なくなりました。当時の島根県は今のようにインフラが発達しておらず、県外へ試合に行くにも、日帰りは考えられない時代です。そんな環境から大阪に来て、最初は疎外感がありました。しかし今思えば、大阪体育大学があったところだって、それほど都会でもなく、たいしたことはありません。ただ、当時はサッカーの技量レベルというヒエラルキーの中で、自分の居場所を見つけることに必死だったように思います。

こぼれ話①

「胸に残る、恩師の教え「啐啄同時」

大学4年時、教員免許取得のため、母校の松江北高校へ教育実習に行きました。

母校に戻った際、小学校時代の恩師である戸田幾代《いくよ》先生の自宅を訪ねました。1度も担任を受け持っていただいたことはありませんでしたが、私が尊敬する、厳しくも温かい先生でした。

私は教員を目指すため、教職課程を大学で履修していること、教育実習で母校に帰って来たこと、教員採用試験を受験しようと思っていることなどを伝えに行きましたが、その時、戸田先生から「啐啄《そったく》同時」という言葉を教わりました。（広辞苑に記載された言葉）

これは、卵の中のヒナが孵化する時、親鳥が外から殻を突くことを表す言葉です。ヒナが卵の中から殻を割ろうと必死に突くのですが、その力に合わせて、同じような力加減、タイミングで、親鳥が外から殻を割る手助けをする様を表しています。

先生は「教師（指導者）にとって、大切なものは何か？」を、単に教えるスキル、テクニックとは言わず、「相手の状況に応じて、適切に対応すること」と教えて下さいました。この言葉は教育者としても、指導者としても、また親としても、組織の長としても、経営者としても常に、心に留めておくべき大切な教えだと思っています。

その後、神戸FCに入ってから、「啐啄」という言葉をタイトルに使って、子どもや保護者向けの新聞を7、8年に渡って書き続けました。

戸田先生から学んだ言葉の意味を心に留めながら、指導者としての道を歩んできた様に思います。

2

神戸ＦＣとクラブチームの歴史

神戸FCで指導者人生がスタート

1986年3月に大学を卒業した私は、4月より社団法人神戸フットボールクラブ（神戸FC）に技術職員として奉職しました。

神戸FCは3歳児から70代、80代のベテランズと呼ばれる高齢のプレーヤーまでが在籍する、まさに「ゆりかごから墓場まで」を具現化する生涯スポーツ（サッカー）クラブです。

大学4年時、サッカー部のコーチである祖母井さんの研究室で、その日の練習メニューを考えている時でした。突然、OBの天野泰男さんが入ってきました。

天野さんは私の2歳上の先輩で、学生時代から不思議な縁を感じていた人でした。

当時の大学サッカー部では、4年生から1年生までの百数名がA～Dのチームに分かれ、それぞれで活動していました。3、4年生と一緒に練習をさせてはもらえるものの、結局は先輩の蹴ったボールを拾いに行ったり、散らばるボールを一箇所に集めたりと、なかなか自分がボールを蹴る機会が巡ってきませんでした。

私が列を離れてボールを集めている間に、さっきまで自分が並んでいた場所は、次の先輩が詰めてしまっているのです。そうなると、列の最後尾に並ばざるを得ず……。そんなことの繰り返しで、いつになったらボールを蹴れるのだろう？と思う毎日でした。

そんな時、天野さんだけが「俺の前に並べ」と順番を譲ってくれました。その先輩が何の前触れもなく、突然現れたのです。大学4年生、9月の出来事でしたから、1年6ヶ月ぶりの再会でした。

天野さんは神戸出身です。大学卒業と同時に、神戸FCに技術職員として奉職し、神戸FCで小中学生の指導をしていました。聞けば、神戸FCが2年ぶりに専属職員を採用したいとのことで、大学に人材を探しに来たそうです。

その頃、現役で教員採用試験に合格を得られなかった私は、数年の講師生活をしながら、再度教員採用試験を受験するか、進路を変更して、他の道に進むかを考えていた時期でした。

そもそも、なぜ教員になりたかったのか。それは教員にならないと、サッカーの指導はできないと思っていたからです。当時クラブチームの存在は、数えるほどしかないのが実情です。ましてや指導者をやりながら給料がもらえる環境は皆無に等しく、私には縁のない世界だと思っていました。

そのため教員になることしか考えが浮かばず、極めて選択肢の少ない人生を歩みかけていたのです。そんなときに現れた、天野先輩からの指導者募集の話は、驚きと嬉しさと「この話に乗っていいのだろうか？」という不安が交錯する、複雑な思いでした。しかし、このチャンスを逃してはなるまいと「行きます！」と伝えて、その〝席〟を仮予約しました。

それから数日後の旧・体育の日（10月10日）、ユニバー記念神戸総合運動公園メインスタジアムで行われた『神戸FC 20周年記念行事』に研修生として参加。その数日後に、人事担当理事との面談を経て、正式に内定を頂きました。

喜び勇んで入った神戸FCでしたが、入職当初の給料は安く、生活は楽とは言えませんでした。そんな状況を見かねた私の上司である加藤寛さんは、ご自身で借りていた一軒家に、家賃を幾らか支払う形で、私と同期入職の加藤雅之さん（この方も大学の先輩にあたり、転職で神戸ＦＣに入職）に部屋を提供してくれたのです。男３人の同居生活が始まりました。３人のうち私が一番年下だったので、炊事係を兼ねて１階のリビングダイニング横の四畳半の部屋をもらいました。場所は神戸の灘区、神戸ＦＣの事務所の近くでした。

１年ほど経ち、加藤さんの家を出て行くことになった私は、新しい物件を探しました。借りた部屋は四畳半一間の共同トイレ、風呂なしの安アパートでした。家賃は１万６千円で、駐車場代が砂利敷き・屋根なしで１万５千円。周りの人からは「車の中に住めば？」と言われるほど、今から思えば、厳しい環境でした。

当時の神戸ＦＣは、上司の加藤さんがＵ－18を指導し、私はＵ－12の指導を担当しながら、加藤さんの手伝いをしていました。若くて経験もなかった私は勉強を兼ねて、高校生の指導にも関わっていました。高校生にとって、私は年齢が近かったこともあり、話しやすかったのかもしれません。全国大会で負けて帰ってきた時は、選手たちが「家に帰りたくない」と言って、私の部屋に泊まることもありました。四畳半の部屋に５人も泊まり、押し入れの上と下で固まって寝たのは良い思い出です。

当時のキャプテンの北野光則は、今ではお父さんの鉄工所の後継となり、私がロヴェストのオーナーになってから、グラウンド周りの整備や防球ネットの支柱整備などを手がける際に力になってくれています。今でもたまにサッカーをしていて、息子を連れてＪリーグ観戦に行っている様です。私が23歳の時の18歳ですから、年齢差はそれほどありません。教え子というより、頼もしい仲間です。

クラブチームの先駆け的存在

神戸ＦＣは、サッカーのクラブチームとして日本では先駆け的な存在です。

1963年（昭和38年）に『兵庫サッカー友の会』として発足し、1970年（昭和45年）に、サッカー界初の社団法人格を取得したクラブです。2025年1月19日には、創立55周年記念行事が行われました。神戸FCと私は同い年（昭和38年生まれ）というのも何かの縁を感じます。

私が就職した20代の頃、クラブサッカーの世界は今とは比べものにならないほど、整備されていませんでした。加藤さんがクラブユース連盟理事だった関係で、就職1年目（1986年）の夏に、読売ランドで行われた、日本クラブユース選手権大会（現在のクラブユースサッカー選手権U－18）の大会運営に参加したことは、今でも鮮明に覚えています。朝から大雨のグラウンドは関東ローム層の土質も相まって、足首まで埋まるほどの水溜りができていました。

試合開始3時間前に準備に入ろうと会場に行ってみると、グラウンドには誰もいません。そこから加藤さんと私はビニール袋を被り、手作業でサッカーコートのラインを引きました。あまり早くに引き終わるとまた雨で消えるので、メンバー表配布などの事務的準備も行いながら、試合開始ギリギリにラインを引き終わるように作業しました。しかしその逆算の理論も吹き飛ばすかの様に、選手が会場に来ません。選手は来ない、大会役員も来ない、手作業でラインを引く、グラウンドはぐちゃぐちゃ。そのような大会を「全国大会」と呼んでいた時代です。当時、クラブサッカーの存在意義を理解し、応援してくれる人は本当に少なかったと記憶しています。

神戸FCに入った1988年頃

クラブサッカーの組織化

多くの県がそうだと思いますが、兵庫県も例外に漏れず、高校体育連盟（高体連）サッカー競技委員会とサッカー協会二種委員会という、異なる二つの高校年代のサッカー運営組織（委員会）があります。

高体連は高等学校のサッカー部が所属し、高体連主催の競技会に参加する意思があるチームが所属する組織。一方のサッカー協会二種委員会は、サッカー協会が主催する競技会に参加する意思があるチームが所属する組織です。

当時の兵庫県の実情はと言うと、高体連委員会と二種委員会の違いは、神戸ＦＣユースが加わっているか、いないかだけでした。

両組織は神戸ＦＣ以外のメンバー（役員及び部活顧問）は、同じ顔ぶれになるため、高校の先生方は「なぜ同じ内容の会議を二度もしなければいけないのか。一緒にやればいいじゃないか」と思っていたことでしょう。さらに言うと、当時はそういった組織論を知らない先生が大半だったと思います。

一方で「高体連の委員会なのに、なぜクラブチームの関係者が来ているのか」という高校サッカー部顧問もいました。それは、その会議がサッカー協会の二種委員会の会議であることを理解していなかったパターンです。

今でこそＪリーグができて、クラブチームの存在が理解されていますが、30～40年前はクラブチームが皆無に近いので、認知が成されていませんでした。

そのような状況ではありましたが、クラブサッカーの組織化は着々と進んでいました。１９７８年に現在の日本クラブユース連盟が『クラブユース連合』として発足した時で、その年から、日本クラブユースサッカー選手権Ｕ－18大会が開催されました。

1985年にはジュニアユースサッカー連盟が設立され、同年から日本クラブユースサッカー選手権U－15大会が開催されるようになりました。

U－15年代（当時：ジュニアユース）の全国大会の起源は、愛知県の高浜FCというチームが主催し、開催していた、高浜カップが母体になっています。

高浜FCは夏休みのお盆の時期に、当時の全国強豪・古豪クラブを集めて、大規模な大会を行っていました。時期的にも規模的にも、高浜カップを母体として発展させることは、連盟にとって効率的かつ合理的であったため、連盟主催の全国大会へと発展していきました。

そして1985年にプレ大会として実施。翌年より長野県白馬村で、記念すべき第1回大会が開催されました。神戸FCはプレ大会で優勝。第1回大会では準優勝という成績を収めています。

白馬村は夏のオフシーズンの宿泊客確保が課題となっており、その集客のために、クラブユースサッカー選手権大会を誘致したとのことでした。大会開催のために地元の旅館組合の方々が山林を切り開き、立派なグラウンドを作ってくれました。『切久保《きりくぼ》グラウンド』という名前に、懐かしさを感じる人も多いのではないでしょうか。グラウンド近くには切久保館という宿泊施設もありました。

今、振り返ると、クラブサッカーの歴史は決して平坦ではありませんでしたが、黎明期のクラブユースサッカーというものを理解し、協力してくれた人々、連盟という組織を作り、全国へ発信し続けてくれた諸先輩方に支えられたからこそ、全国大会が開催できる様になり、大会を介して切磋琢磨が生まれ、今日の日本サッカーの発展につながっているのだと思います。

教え子との思い出「ミサンガ事件」

白馬で全国大会をしていた頃の教え子に、石川隆司がいます。彼は神戸FCU－15、ヴィッセル神戸U－18時代の教え子で、湘南ベルマーレや長野パルセイロなどで指導し、曺貴裁監督と長くタッグを組んでいるコーチです。2025年シーズンは、京都サンガF.C.のトップチームコーチをしています。

1993年、私の上司に当たる加藤寛さんが総監督、私が監督という立ち位置で、白馬村での日本クラブユースサッカー選手権U－15大会に出場した時の話です。

初戦前夜のミーティングで、多くの選手がミサンガを着けているのを見つけた加藤さんが「これは何や」と聞くので、選手が「お守りです」と答えると、「神頼みしてどうするんや。実力でサッカーしなさい」と言って、全員にミサンガを切らせたのです。

これ自体、衝撃的でしたが、翌朝、朝食前にチームで散歩に行った時のことです。神社を見つけた加藤さんがキャプテンを呼び「みんなで（勝利を）拝め」と言う訳です。

そんなことがあった朝食後、選手が私のところに来て、「昨日の夜、『神頼みすんな』って言われたのに、何で神社でお参りするんですか。そんなんするんやったら、ミサンガ切らんでよかったでしょ」と言うのです。

私は苦笑しながら「わかったわかった、俺からボスに言うとくわ」と話をしました。選手のミサンガを切るというのは、今では少々問題行動かもしれませんが、当時の指導現場においてはよくある一例でしたので、時効としてほしいと思います。

思い返してみると、私自身、人と話をする際、まず相手の話を聞くというスタンスは、その頃から変わっていないのかもしれません。「聞かずして意見を言う勿れ」。自分の指導の根幹には、その考えがあります。

クラブチームのメリット

選手を育成するにあたり大切なのは、指導の質を高めることと指導の一貫性です。各年代で目標に一貫性がなかったり、指導方法が大きく異なると、成長に混乱を招く可能性があります。

学校の場合、少年チームから中学校、中学校から高校へと進学する際に、それぞれの学校や指導者によって、目標や指導方法が異なることがあります。しかし、クラブチームではそういった断絶が少なく、長期的な視点で選手を育成することができます。

神戸FC時代、神戸まつりパレードに参加（1990年頃）

神戸FCでは、3歳からユースまで、あるいはそれ以上の年齢まで、一貫したビジョンと方針のもとで指導することができる環境がありました。

神戸FCでの9年間、私は3、4歳のクラスからU－12普及クラス、全国大会を目指すU－12、U－15、U－18強化チーム、レディースチームなど、様々な年代を指導しました。

当時の神戸FCは読売クラブ（現・東京ヴェルディ、1969年設立）を目標に、トップチームの日本リーグ入りを目指していました。私は選手兼コーチとして28歳頃までプレーもしており、トップ下のポジションで兵庫県の国体メンバーに選ばれていました。大学時代は周りの選手があまりにも上手で、なかなか試合に出ることはできませんでしたが、実際はそれほど下手ではありませんでした（笑）。ただ、生まれたタイミングが悪かったと思っています。

大学4年生時はインカレで優勝（大阪体育大学サッカー部の初タイトル）す

るくらいのレベルでしたから。

社会人になり、選手としてプレーをしながら子どもの指導ができるのは良い環境だと思っていました。しかし、物理的に両立は難しかったです。週末は自分の試合と担当する子どもの試合が重なってしまいます。子どもの試合はボランティアコーチが引率してくれましたが、そのコーチ達は平日仕事があるので、土日以外に指導をすることができません。

次第に保護者から私に対して不満が出てきて、「きちんと子どもを見てほしい」という声も聞かれるようになりました。ボランティアコーチとは密に連絡を取り合い、トレーニングに支障が出ないよう配慮していましたが、心情的に難しい面もありました。

各世代が連携することの大切さ

私が神戸ＦＣに入職する前は、Ｕ－18を加藤さんが、Ｕ－15（中学生）を黒田和生さん、Ｕ－12（ボーイズ・少年強化チーム）を岡俊彦さんが担当していました。そして、黒田和生さんが退任（滝川第二高校教員に転職）された後、Ｕ－15を岡さんが担当。そして私が神戸ＦＣに入るきっかけを作ってくれた、天野泰男さんがＵ－12や小学生のスクールを見ていました。

神戸ＦＣはＵ－15チームから昇格してくる選手たちによって、Ｕ－18チームが強くなることを期待していました。しかし、黒田さんが滝川第二高校の教員になると、多くの選手たちが黒田さんを慕って、滝川第二に進学しました。

1987年頃、神戸FCボーイズ
試合前のミーティングの様子

滝川第二の1期生は最初の2年間こそ、全国大会には出場できませんでしたが、3年生になって順調に全国の舞台を踏みました。主力は神戸FC出身の選手たちでした。その後も神戸FCで育った選手たちが、大挙して滝川第二を始めとする強豪高に進学するようになったため、神戸FCのU－18に昇格しない流れが続き、低迷期に入っていました。

そんな中、私が指導していたU－12の選手たちがU－15チームに残り、8年ぶりにU－18チームに残る選手が現れました。加藤さんは非常に喜び、「よくやった」と褒めてくれました。これこそがクラブが目指していた姿だったからです。

久しぶりにユースに残ったその選手は、後に小学校の教員になりました。そして偶然にも、現在私が住んでいる街の小学校（娘や息子が卒業した小学校）に、2年前に教頭先生として赴任してきたのです。私はその小学校で8年前からサッカースクールを開催しているのですが、ある日、そのグラウンド使用の申請に行った指導者から「教頭先生が昌子さんに会いたがっている」と連絡をもらいました。

そこで会いに行くと、その教え子がいました。30年ぶりの再会でした。彼は「昌子さんにはお世話になりました。応援しているので、グラウンドを使用したい日があれば言ってください」と、快諾してくれました。

かつてセンターバックとして活躍していた彼が、立派な教育者になっている姿を見て、時の流れと共に、私たちの指導の意義を改めて感じました。

神戸FC時代。1992年頃、神戸FCボーイズ

U－15年代の通年リーグを作る

神戸FCに入って3年目の1989年、黒田和生さんたちが立ち上げた、兵庫県内で行うU－15リーグの事務局を引き継ぎました。8チームほどで行っていたリーグ戦を、多くのチームの参加を得て、単発ではなく年間リーグとして改編したのです。

今でこそ年間リーグは定着していますが、35年前においては画期的なことでした。なぜならグラウンドを年間で借用する必要があったからです。そのため、融通の利く指導者や施設担当者の協力を得て、4月末の段階で12月までのグラウンドを確保し、リーグ戦の日程を固めました。

県内でリーグを運営していることをアピールすると、クラブ連盟に加盟するチームも増えてきました。なかでも、明石市にある高丘中学校サッカー部顧問の藤本憲幸さん（中学校教員）は、とても理解のある方でした。「高丘中サッカー部は中学校体育連盟（中体連）登録だけど、2年生以下の試合に出られない子を、クラブ連盟のリーグ戦に参加させたい」と言ってくれたのです。

このリーグ戦は協会登録していない私設リーグだったので、こちらとしても大歓迎でした。当時は中体連とクラブチームが一緒になり、リーグ戦を行うのは非常に珍しいことでした。藤本さんの「子どもたちに経験を積ませたい」という考えは、今に通じるものがあったと思います。

その時からの縁もあり、藤本さんとは、2006年に兵庫県で開催された国体でスタッフとして共に戦いました。この国体はサッカー競技において、高校年代の出場枠をU－16化した初めての大会で、1956年に続き、兵庫県で50年ぶりに開催された国体でした。そのときは黒田さんが監督、私がヘッドコーチを務めました。みんなでタッグを組み、地元国体に挑みましたが、結果は3位。準決勝で千葉に負けてしまいました。

残念なことに、藤本先生はその後、定年を迎える前に膵臓がんでお亡くなりになりました。本当に素晴らしい先生でした。

三種委員会とクラブ委員会の組織を整備

私は当時、任意の団体で活動していた、クラブチームの運営委員会組織を連盟化しました。日本クラブユースサッカー連盟（クラブ連盟）ができたのを機に、各地域も連盟化しようという動きがありましたが、クラブチームが少ない時代だったので、連盟化は簡単ではありませんでした。

関西でクラブユースサッカー連盟が設立されたのを機に、私が日本クラブユースサッカー連盟の規約に準じて、兵庫県の実情に合う様に、兵庫県クラブユースサッカー連盟として規約の整理・策定をしました。その後、設立総会を行い、兵庫県サッカー協会の承認を得て、連盟として協会の中に入りました。

こうして組織を整理していくと、高体連と二種委員会、中体連と三種委員会、クラブ連盟などの棲み分けを、皆さんが少しずつ理解し始めました。

細かいことを言うと、当時は協会登録費の徴収方法が非効率的で、登録費の扱いはとても複雑でした。クラブチームはサッカー協会とクラブ連盟の両組織に加盟しなければならず、両組織に登録費用（チーム登録費用＋個人登録費用×人数分の2種類必要）を収めなければ、主催大会に出場ができない仕組みになっていました。

それは今でも変わらないのですが、問題は登録費用の徴収方法でした。クラブ連盟への加盟費用は、クラブ同志の登録説明会があるので問題はありません。

一方、サッカー協会への登録費用の徴収方法は、三種年代のチームとして、サッカー協会の三種委員会が区別なく扱えば良かったのですが、当時はそうなっていませんでした。

クラブ連盟理事長としての私の仕事の一つに、クラブユースサッカー連盟に加盟する40ほどのチームから、サッカー協会登録費用（日本協会・関西協会・兵庫協会・都市協会　※各都市協会：神戸、明石、尼崎、姫路など。これらの登録費用が一括して金額設定されていた）を徴収し、それぞれのチームが所属している都市協会組織に登録チーム数、登録人数を割り出して、相当額を13ある都市協会の三種委員長指定口座に振り込みを行なっていました。これが本当に手間でした。

そこで、この登録費用徴収システムをクラブチーム、中学校部活チームと分けずに、会議体の開催方法や協会登録費用の徴収方法を抜本的に改善しましょうと、兵庫県サッカー協会三種委員長に話を持っていきました。

クラブチームであっても中学校部活チームであっても、サッカー協会に登録しなければならないのですから、登録費は一括、各都市協会主導で徴収しましょうと持ちかけました。当時はクラブチームへの認知も乏しい上に、登録チーム数が少ない時代があり、その名残で作業効率という観点での施策は後回しになっていたのです。

しかしこれをきっかけに、三種委員会とクラブ連盟の存在と関係性を多くの先生や顧問、指導者が理解し始め、スムーズに組織が動くようになりました。

競技会（各種大会）の参加費用の集め方も、同じ大会にエントリーするのに、クラブの参加費はクラブが集めるといったことをしていたのですが、これも変えました。各競技会の運営において、抽選会、競技説明会を参加チーム一緒に開催し、そこで参加費も徴収（振り込み）すればいい。そんな単純なことさえ気づいていない時代でした。私は連盟のお手伝いをしていく中で、これらの問題に直面するたびに、関係のある先生方や役員に交渉し、整理していきました。それが今の論理的思考につながっているのだと思います。

いくつもの役割を兼任し、ハードワーク

20代の頃、神戸FCでの業務としては、現役選手としてのプレー、U－12強化チーム指導、U－15強化チーム指導、サッカースクール分校指導でした。

平日は指導時間帯が違っていたので、支障なく各チームの指導を受け持つことができました。しかし土日となると話は変わってきます。それぞれに対外試合がスケジュールされるので、試合時間が重なることは避けられない状況でした。

そのため土日に関しては、各チームにボランティアコーチを配し、指導者不在の状況を回避していました。そのボランティア指導者の方々とは、金曜日や土曜日（当時、土曜日は午前中に授業があり、夕方に練習のみ実施）に、今週の選手たちの様子報告を行い、週末の試合に向けて、出場する選手たちへの具体的指導ポイントや個々への期待点、評価項目などの共通理解、認識を深めるミーティングを行なっていました。

それでも、実際には自分の目で試合を観て指導を行い、翌週のトレーニング課題を見つけたい訳です。そこで考えついたのが、指導を受け持つ担当チームの試合が重ならない様にするため、自分がサッカー協会の各種競技会事務局を掛け持ちすることでした。

兵庫県社会人リーグ事務局、全日本少年サッカー大会事務局、クラブユース全国大会予選事務局、県クラブリーグ戦事務局、県クラブ新人戦事務局（クラブ連盟理事長職としての業務）の5つの大会事務局を自らが同時進行することで、互いのスケジュールが重ならない様に調整することができました。全てが重ならない様にするのは難しいことでしたが、担当の子どもたちの試合を、自分の目で観ることはできたと思います。

クラブ連盟理事長としては、クラブチームが認知されない時代から、リーグ戦の運営やスケジュール作りを行っ

てきました。また、組織も任意団体から公式の団体に変わる変革期に、事務局長と理事長を兼務して、17年間という年月を務めました。

23歳でクラブ組織（当時は運営委員会）のメンバーに入り、28歳で理事長職に就き、私より年上で経験豊富な指導者もいる中で、意見を言わなければならないことも多々ありました。そこは「合議制が全てである」という総会の決定権を軸に運営を進め、私自身もその考えを大切にしてきました。

任意団体ではなく、サッカー協会の傘下組織で、全てが規約に基づく運営を必要とされる「クラブ連盟」。そのような組織だからこそ、ルールに則って進めることが大切なのです。20代から30代への大切な時期に、組織を動かす大変さと順序、理論武装を実地訓練で覚えました。そして公平感と倫理観と論理的思考を持つこと。これがサッカー協会の業務で学んだことです。

外様としての生き方

私は島根県出身で、兵庫県とは縁もゆかりもない人間です。そんな私が大学卒業後、全く縁のない兵庫県に来て仕事を始めた訳です。ここで生きていくために、自分はどうあるべきか？　外様の自分はどの様なことをしていけば良いのか？　漠然とですが、神戸ＦＣで過ごして協会の仕事を始めた頃、そんなことを考えていました。

そこで黒田和生さんに「関西、兵庫県のサッカー界で仕事を円滑に進めるにはどうしたらいいでしょうか」と、相談をしました。

黒田さんは岡山の出身でありながら、兵庫の中で指導者としての地位を確立された方で、その人間性とキャラクターで、子どもだけでなく大人まで、多くの人に慕われていました。黒田さんは、１９６３年設立の『兵庫サッカー友の会』の発展的改組で1970年に、日本初の社団法人格を取得した神戸FCの初代専任技術職員となり、1984年の学校創立と同時に、滝川第二高校サッカー部の監督になられた方です。

黒田さんは「兵庫という歴史のあるところで、外様が生きていくのは簡単じゃないよ」と言いました。「ここで生きていこうと思ったら、歴史を知っているベテランとうまく付き合うこと。そして兵庫の歴史を勉強したほうがいい」とアドバイスをくれました。「兵庫の歴史を誰よりも知ることが大切。意外と兵庫の人は知らないもの。誰よりも知っていたら、みんなが認めてくれるぞ」。この言葉を受けて、サッカーの歴史、兵庫の歴史、高校サッカーの歴史、指導者養成の流れなどを学ぶため、ときには県外まで行き、資料を取り寄せるなどして勉強しました。このアドバイスは、私がサッカー協会で仕事をしていく上で、とても大切な指針となりました。

時を同じくして、高体連やクラブ連盟、二種委員会といった組織に顔を出すようになり、地元の高校や中学の先生方と関わる機会が増えていきました。

その中で、組織の間にある相容れないもの、言葉では表せない棲み分けのようなものを感じるようにもなりました。自分の所属するエリアへの帰属意識と言うのでしょうか。そのようなこともあり、「クラブチームというものは大変な組織だ」と肌で感じたものです。

「白線クラブ」の先人に学ぶ

神戸FCは公共のグラウンドを借りていたので、月初めに行政が実施するグラウンド抽選会に並び、使用したい時間帯のグラウンドを確保していました。

当時、1ヶ月のうち土曜日の夕方2回はベテランズチームの練習時間として定例化していたので、特に土曜の

15時～17時や13時～15時といった時間帯は、必ずグラウンドを押さえるようにしていました。

60代、70代のシニア・ベテラン選手にとって土曜の夕方は、皆で集まってサッカーを楽しみ、その後に一杯飲むことが至福の時間だったのです。その時間帯には、神戸FCの職員が必ずひとり担当として帯同するのですが、私は率先して買って出ていました。というのも、先輩方と練習後に飲みに行くのが楽しみであり、勉強にもなったからです。

神戸には、旧制中学時代からの歴史を持つ、県立神戸高校（旧・兵庫県立第一中学校）、県立兵庫高校（旧・兵庫県立第二中学校）、県立長田高校（旧・兵庫県立第三中学校）という3つの進学校があります。これらの学校は旧制中学時代から、一中、二中、三中と呼ばれ、学生帽にそれぞれ1本線、2本線、3本線が入っているのがトレードマークでした。この公立三校の進学率や学生の質の高さは、周囲から羨望の目で見られるほどで、この帽子を被ることは憧れであり、ステータスだったそうです。

この三校のサッカー部には歴史があり、部員たちはサッカーをしながら関西の有名大学へ進学しました。大学サッカーのレベルが上がっていく礎になったのです

しかし、兵庫サッカー界の歴史を作ったOB達も年齢を重ね、プレーしない人も増えてきました。その昔は一中クラブ対二中クラブといった様に、OBによる対抗試合が頻繁に行われていましたが、次第に存続が難しくなってきました。そこで歴史を持つ三校のOBチームが「白線クラブ」という名前で一緒に活動することになったそうです。その名前には、1本、2本、3本の線の区別ではなく、「白線をつけた我々」という意味が込められています。なんて素敵なネーミングだと感激しました。

白線クラブのメンバーは神戸FCの会員になっている方も多く、神戸FCのことも母校と同じように愛し、誇りに思ってくれていました。その光景を見ながら、こんな素敵なことはないと、感動することしきりでした。

練習後の飲み会では、先輩方に貴重な話をたくさん聞かせていただき、とても勉強になりました。大企業の社長、一代で事業を築いた方、官公庁・役所に勤務している方など、立場や環境が違い、普段出会うことの少ない仕事の方たちと話ができる、貴重な場所でした。兵庫県の歴史、サッカーの歴史、世の中で生きていくためのアドバイス、目上の人に可愛がられる秘訣など、様々なことを教えてもらいました。

今では「このような場が少なくなってきているのではないか？」「この様な機会を逃しているのではないか？」と懸念しています。20代、30代前半の若い時に、この様な機会に恵まれ、たくさんの知見を得ることができたことは、本当にありがたいことで貴重な経験でした。それが今の人生に生きています。

教え子が交通事故に

神戸ＦＣに入って間もない頃、悲しい出来事がありました。

１９８８年の12月29日、神戸市サッカー協会主催の少年サッカーリーグ６年生の部で優勝した直後のことです。毎年恒例の神戸ＦＣ主催ウインターフェスティバル（毎年固定の１月５日〜７日に開催。Ｕ－11〜Ｕ－14まで30チーム強を全国から招待して開催）を翌日に控え、開催準備に追われていた１月４日。私が監督をしていた、神戸市少年リーグで優勝したＵ－12チームの選手が交通事故で亡くなったのです。

１月３日に神戸ＦＣ新春初蹴大会を終え、４日にウィンターフェスティバルの備品を運び出す作業がありました。クラブをあげてのイベントなので、例年の様に子どもたちにもクラブ会員にも、準備の手伝いをお願いしていました。

グラウンドの設営や備品搬入、整備などを行うために、子どもたちをグラウンドに集めていました。

ところが、優勝時にゴールキーパーをしていた選手は入団して間もないこともあり、準備を行う会場の場所を知りませんでした。加えてその子は、神戸ＦＣの事務所の近くに住んでいたので、大会会場に行ってのお手伝いではなく、事務所の荷物出しを手伝ってもらうことにしたのです。

荷物を積み終わった後、彼は「友達がいるから会場に行きたい」と言いました。しかし、お弁当も持ってきていなかったのと、午前中だけのお願いだったので「もう家に帰っていいよ」と言って、私は彼を家に帰らせました。

そして歩いて帰る途中、事故に遭ってしまったのです。

私が会場設営を行っているときに、先輩の指導者が「大変だ！」と呼びに来ました。その選手が運び込まれた市民病院は会場の近くだったので、走っていきました。救急処置室に入ったときには、心臓マッサージを行っていました。夜になって、亡くなったと聞き、大変ショックでした。

私は大いに悔やみました。悔やんでも悔やみきれません。あのとき家に帰らせずに、荷物を搬入するトラックの助手席に乗せて、どこかで昼食を食べさせて、グラウンドに連れて行っていれば、何の問題もなかったのに。なぜ家に帰したのだろう……。

子どもを轢いた車の運転手は、当時の私より少し若い、20代前半の男性でした。葬儀に参列すると、お母さんが葬儀の間中、大きな声で泣いていました。大人が激しく泣いている姿を見るのは初めてで、母親の辛さを感じると同時に、改めて子どもを預かることの重大さを痛感しました。

葬儀の席上で驚いたことがありました。お父さんが喪主の挨拶をされたのですが、事故を起こした運転手のことを気遣ったのです。「前途ある若者だから、このことを良い意味で心に刻んで、これからの人生をしっかり立て直してほしい」とおっしゃいました。その言葉を聞いて、なんて立派な父親なのだろうと思いました。普通なら憤り、怒り、憎しみを感じて、相手のことなど口に出すことすら嫌でしょう。しかしそのお父さんは違いました。当時のことは今でも心に強く残っています。私にとって、親のあるべき姿を考えさせられる出来事でした。当時、お父さんは40代半ばくらいだったでしょうか。出光興産にお勤めで、大きな役職を任されていたそうです。背の高い方でした。息子さんはゴールキーパーで、背の高い子でした。事故が起こったのは1月4日です。毎年、正月になると思い出します。2025年1月4日で37年が経ちます。生きていたら49歳前後になっているでしょう。

この出来事は、私の人生に大きな影響を与えました。それまで人間というのは、当たり前に目の前に存在していて、明日もいるものだと思っていました。しかしそうではありません。毎日顔を合わせられるのは、奇跡のようなものです。

それゆえ、選手には「練習を休むとか、遅刻しそうとか、何かあるときは必ず連絡をしなければならない」と伝えています。寝坊したとしても、生きていれば大丈夫。遅れてでもグラウンドに来れば良いのです。生きていればなんとでもなります。

指導とは別の意味になるかもしれませんが、指導者はいつも「これは当たり前ではないんだ」という気持ちを持つべきだと思います。

当時は、日々の練習後、グラウンドの片付けが終わって事務所に帰ると、21時30分から22時になっていました。自分の選手としてのトレーニング（トップチームの練習）がない日は、21時頃に事務所に帰って、練習を欠席した選手の家に電話をし、「お子さん、今日休んでいたようですが、何かあったのですか」と尋ねていました。携帯電話がない時代だったので、家の電話に連絡し、欠席状況を把握する様にしていたのです。

教え子の死を経験した私は、選手が連絡もなく休むことに対して、とても心配していました。ある意味、風邪であっても、無事でいてくれたらとりあえずは安心です。時には練習を欠席したことを親が知らない場合もあり、違う意味での心配の種となることもありましたが、それも含めて、休んだ子に電話をすることの必要性を感じ、日常の業務としていました。

休みの日にはボランティア業務

唯一の休みである木曜日は、旧・神戸市中央区役所の上階にある、神戸市青少年会館で、部屋の借用申し込み電話の受付や鍵管理、退室時のチェック、清掃などのボランティア業務をしていました。

このセンターの登録団体になると、大小様々なサイズの部屋を無料で借りることができました。子どもたちの雨天時のミーティングやサッカーの勉強会を行う上で、部屋を無償で借りることができるのはありがたかったので、登録団体になるためにボランティア活動をしていたのです。

当時の神戸FCの職員では、私が一番年下だったので、木曜日の午後4時から夜9時の閉館まで、ボランティアをしていました。ボランティアなのでアルバイト代もなく、休みの日でしたが遊びにも行けず……。振り返ると、よくこれらの業務をやっていたなと思います。でも、当時はそんなものだと思っていました。自分の置かれた環境は、そういうものだと受け止めていたのです。

日々、激務の環境だったので、時間の使い方、割り振りの仕方を身をもって覚え、効率良く仕事ができる様に工夫することを学びました。本来なら、社会人になった際の社員研修などで、教えてもらう機会があるのかもしれません。しかし、私の場合は実地訓練方式の叩き上げで、現場でやりながら覚えていきました。これは入職1年目から3年目頃の話です。

聞くことの重要性

神戸FCでは8月末に、U－11～U－15までのチームを全国から招待し、サマーフェスティバルという大きな大会を開催していました。

当時の私はU－14とU－13を指導していたため、U－13チームの指導を別の指導者にお願いしていました。大会期間中は毎晩事務所に戻り、当日の反省会と翌日の準備の打ち合わせなどを行なっていました。

大会期間中のある日、夜遅くに事務所に電話がかかってきました。

その内容は「本日16時頃、地下鉄内で神戸FCと書かれたバッグを持った中学生くらいの子どもたちが、通行人の邪魔になるにもかかわらず床に座り込み、大きな声で騒いでいた。人が通行する時に足を引っ込めるわけでも無く、どんな躾をしているんや！」といった内容でした。

その電話を聞いた後、スタッフ皆で「その時間帯に地下鉄に乗って帰るタイミングになる会場はどこなのか？」「その会場に行っていたのはどの学年なのか？」という検証が始まり、おそらくU－13チームではないか？ということになりました。日頃は私が指導しているチームなので、反省仕切りです。

しかし翌日も大会は続き、私はU－14チームに帯同するので、U－13チームの会場に行って話をすることはできません。そこで、この大会期間中に暫定監督をお願いしている指導者に「明日、会場に行ったら、電車の件で指導をしておいてください」とお願いしました。

後から選手に聞いた話ですが、翌日の朝一番で会場に到着した選手たちは、早々に暫定監督から集合がかかり、電車内の状況や事情説明を求められることもなく、一方的に該当者とみなされて、長時間の説教を受けたそうです。さらには会場にいた、湯茶接待を手伝ってくれていた保護者も説教をされたとのことでした。

電話を受けた時点での検証は、スタッフの推測でしかないので、状況把握から始め、電車内の様子や状況の説明を聞かなければならないはずです。「そもそも本当に、その電車に乗っていた子たちが、U－13の選手だったのだろうか？」から始めなければいけなかったのです。

しかし、暫定監督は一方的に「該当者である」との先入観で、U－13の選手たちと親に説教をしてしまったので、子どもたちは一気にその指導者を遠ざけてしまいました。その学年の選手たちは後に、「昌子コーチなら、絶対に話を聞いてくれていた」と憤慨していたと聞きました。私はいかなる時でも、まず選手の話を聞く様にしていたので、それが選手に伝わっていたと確信を持てた出来事でした。しかし子どもたちには、可哀想な思いをさせてしまいました。

待遇改善要望書を提出

1990年頃、先輩の天野さんが神戸FCを辞めました。きっかけは、神戸FC理事会を相手に、待遇改善要望書を出したことでした。

私たちには労働組合がなかったため、天野さんと私とで理事会に待遇を改善してもらうべく、物を言おうとしたのです。そして、天野さんの名前で待遇、環境改善の要望書を作成し、理事会に提出しました。

「いつまでに改善要望に対する返事をください。返事無き場合は辞職させていただきます」と書いたところ、期日までに理事会から返事はありませんでした。そして、天野さんは本当に辞めてしまいました。

当時は加藤さん、岡さん、天野さん、私、そしてもう一人の同期入職の加藤さんの5人の職員がいました。同期の加藤さんは、一身上の都合にて先に辞職していたので、実質5人でやっていた業務を4人でこなす時期が1、

1990年頃、神戸FCの天野氏（左）、岡氏（右から二人目）。右は田中純ニ先生（愛媛大学・JFA指導者養成コーチ）

2年続いていた時でした。

翌年、天野さんが前年に提出した待遇改善要望書と同じ内容の要望書を、今度は私の名前で理事会宛に提出しました。当時の私は「自分のせいで、天野さんが辞めなければいけなくなったのではないか」と感じ、本当に申し訳ないと思っていました。

私たちがこの様な行動に出なければならないほど、当時の労働環境や給料、賞与、福利厚生に納得できないところが多々あったのです。

私が2年続けて、待遇改善要望を提出した背景には、少なからず勝算がありました。そもそも5人で行なっていた業務を4人で行なうこと自体が、厳しい業務体系になっていった要因なのですが、その後の職員補充がないどころか天野さんが辞職したため、5人分の業務を3人でする状況になっていたのです。

そのような状況下で、さらに私が辞めるとなると、平常通りの業務遂行は不可能で、機能不全が起こることは目に見えていました。絶対に待遇は変わると思い、今度は私の名前で、天野さんが提出したものと同じ条件の要望書を提出したのです。

次の年、待遇は改善されました。組合がないため、待遇改善に関しては個人で交渉するしかありませんでしたが、よくやったと思います。その結果、今後入ってくる新人職員も入職しやすい条件になったと思います。

しかしその分、私たちは現状に文句が言えなくなります。黙々と仕事をやる日々でした。新しい職員がすぐに補充されることはなかったので、5人でやっていた仕事を3人でやる時期が続き、時間のやりくりがさらに求められることになり、環境は厳しいままでした。ただそこで、時間の使い方や物事をうまく回すための根回しや交渉事、人にお願いする甘え方などを、体験しながら覚えていきました。

リーダーになった時にわかる

それが後々、兵庫県サッカー協会の技術委員長になった時に役立ちました。技術委員会とは、県全体の一種、二種、三種、四種、女子の選手育成トレーニングセンターシステム（トレセン）の企画・運営や県下の指導者養成事業をコントロールする組織なのですが、その委員長として県下を回った時に、ほとんどの人が私のことを知ってくれていました。「昌子さんが言うのであれば、うちの協会は協力します」と応援してくれました。

協会重鎮の方々への根回しや政治的な対応も必要でした。何か新しい企画やアイデアを出し、賛同を得るために、各委員会や都市協会の役員のところへ行き、先に新たな改革案を聞いてもらうのです。

話の持っていき方としては、まず要件を言います。アポを取る段階で「こういう理由でお会いしたいです」とお伝えし、会ったときに「電話で話した内容は、こちらです」と説明し、あとは先方の意図することを聞きます。

「これはどんなつもりでやっているのか」「将来どうありたいのか」と

1991年頃、神戸市サッカー協会指導者養成講習会講師を務める

いった、先方の質問に答えます。最初は相手の言い分を一方的に聞くので「こんなことできるわけがない」「資金はどうするのか」など、ネガティブな意見を聞くこともあります。

しかし中には「なかなかいいじゃないか」など、ポジティブな賛成意見も頂けます。その後に自分の思いを伝えます。

大事なのは相槌を打つこと。リアクションが重要です。話している方も、黙って聞かれたら話し辛いものです。「たしかにそうですね」「その視点はありませんでした」「なるほど」などの相槌が大切です。

そもそも私は相手に、自分の願いを叶えてほしいからプレゼンに行く訳です。意見をもらうのもいいですが、最終的には「うん」と言ってほしいのです。

そのためには、絶対に相手を怒らせてはいけません。説得しに来たわけではなく、賛同を得るために来たのですから。

だから「そんな手があったか」「そのアイデア、いただきます」などとリアクションを大きくしたりして、相手の気持ちを汲み、最後に「お前がそう言うんだったら応援するよ」と言ってもらえるようにします。

私はどちらかというと、ぱっと見は怖面で、とっつきにくいと言われますが、人の話は聞きますし、リアクションもできます。そのギャップがあるから、余計に効果があるのかもしれません。

※「一種」…年齢制限のないチーム（プロ、一般、大学）
「二種」…18歳未満（高校生年代）
「三種」…15歳未満（中学生年代）
「四種」…12歳未満（小学生年代）

こぼれ話②

英語文法的な話し方を意識する

サッカー指導の現場では、英語文法的な話し方をするように意識しています。

欧米の言語は「周りを観ろ、後ろに相手がいるから」「寄せろ、相手が後ろを向いているから」といったように「○○しなさい」という結論が先にあって、その後に議論が始まります。わかりやすく、簡潔に伝えられるので時間もかかりません。

しかし日本語は文法上「お母さん、牛乳」のあとに「取って」なのか「いらない」なのか「飲みたい」なのかが、分からない構造になっています。それゆえに、察しの文化などと言われます。それ自体は良いも悪いもありませんが、スポーツの様に刻々と状況が変化する場面では非効率的です。最後まで聞かないと結論が分からない構成なので、決断して動くまでに時間がかかってしまいます。

そのことから、人前で話すときはなるべく動詞から、結論から先に伝えるようにしています。それも神戸FCで指導する中で、学んだことでした。

3

ヴィッセル神戸時代

ヴィッセル神戸の誕生

1995年、9年間務めていた神戸FCを離れ、ヴィッセル神戸に移籍しました。ヴィッセル神戸に在籍していたのは、設立年度である1995年から2002年まで。濃密な7年間でした。

ヴィッセル神戸が誕生したのは1993年12月、サッカー愛好家有志により、神戸市内に『神戸にプロサッカーチームを作る市民の会（オーレKOBE）』という組織が結成されたのがきっかけです。

その組織は同時期に、岡山県倉敷市を本拠地とする、川崎製鉄サッカー部の誘致活動を行いました。川崎製鉄内では本社の意向も合致して「1995年より、神戸市へ移転して活動する」ということが、1994年3月に決まったのです。

1994年6月、当時神戸市に本社を置いていた、総合スーパーのダイエーがメインスポンサーとなり、『株式会社神戸オレンジサッカークラブ』という名前で、経営の母体となる会社が設立されました。その後、1994年9月にクラブ名称が『ヴィッセル神戸』に決定しました。

なぜ川崎製鉄水島製鉄所（現・JFEスチール西日本水島製鉄所）サッカー部が誘致の対象になったかというと、もともと川崎製鉄は神戸市に本社がある、川崎重工の鉄鋼部門を扱う会社であり、同じく神戸に本社を置いていたからです。

鉄鋼業ということで、千葉（1951年2月開設）と岡山県水島市（1961年7月開設）に製鉄所を開設し、業績を上げていました。

サッカー部は当時本社がある神戸市（西宮市）と水島市の両方にありましたが、1966年に川崎製鉄水島製鉄所サッカー部として合併。1988年からは『川崎製鉄サッカー部』と改名して、活動を行っていた歴史があります。

神戸市民のサッカー愛好家で立ち上げたオーレKOBEのメンバーや歴史ある兵庫県のサッカーOBは、神戸に新たにチームを作ったのではなく、昔から神戸にあったチームを呼び戻したという感覚だったに違いありません。

そのヴィッセル神戸は、Jリーグ加盟条件の一つである、下部組織の問題を抱えていました。選手選考会を行い、一から下部組織を立ち上げるには時間がなく、地元の理解も得られないのではないかということで、様々なアイデアが立ち消えになっていました。

そこで地元サッカー界とJリーグが意見を出し合い、神戸の歴史あるサッカークラブ、神戸FCに白羽の矢が立ったのです。

まず、神戸FCのU－18とU－15が、ヴィッセル神戸の下部組織として移管することになりました。

兵庫県は戦前の高校サッカー選手権大会(前身の日本フートボール優勝大会。旧制中学や師範学校なども参加)において、第1回～9回大会まで連覇しており、戦争による大会中断までの期間、22大会中16回優勝という歴史を持つ県です。

天皇杯も兵庫県が最多優勝回数（9回）を保持しています。ゆえに少年サッカーも早くからチームが設立され、全国サッカー・スポーツ少年団大会（1967年第1回大会開催。現在のJFA全日本U－12サッカー選手権大会の前身）で、第1回大会～3回大会まで連覇したのも神戸の少年サッカーチームです。

そんな歴史があり、指導者熱の高い街なので、兵庫県・神戸市では、神戸FCの一部がヴィッセル神戸の下部組織に移管することへの反発もあったと聞いています。

結果、Jリーグ加盟申請をクリアしなければいけないヴィッセル神戸は、U-18チームとU-15チームを神戸FCから移管。ヴィッセル神戸として登録し、下部組織としました。そしてU-12チームは認定下部組織として、神戸FCボーイズ（神戸FCのジュニアチームの呼称。認定組織として下部組織化はするが、活動の名前は神戸FCボーイズのまま）が認定されたのでした。

結果、神戸FCU-18の監督・加藤さんとU-15の監督をしていた私が神戸FCから出向という形でヴィッセル神戸に移籍し、川崎製鉄サッカー部でコーチを務めていたネルソン松原さんを含めて、3人で下部組織を指導することになりました。

阪神淡路大震災発生

1994年6月30日、ヴィッセル神戸の運営会社オレンジサッカークラブが正式に設立され、ダイエー本社の一角にある部屋がヴィッセル神戸の本社となりました。私と加藤さんは神戸FCに籍があるうちから、ヴィッセル神戸の発足準備に取り掛かりました。

それから半年後の1995年1月17日、トップチームのメンバーが満を持して水島から神戸に移動してくることが決まりました。

ところがその日、朝5時46分に、深さ16㎞を震源とするマグニチュード7・3、震度7の直下型地震が発生。

死者6434名、行方不明者3名、負傷者43792名という深刻な被害をもたらす、阪神淡路大震災が起こってしまったのです。

トップチームの選手は神戸市内に入ることができず、水島に引き返し、しばらくは神戸のチームでありながら水島を拠点に、当時所属していたJFLを戦うことになりました。一方の私たち下部組織はというと、何をしたら良いのか？　何からすれば良いのか？　と手立てがない状態でした。

震災の影響で街が崩壊している中、練習を行うグラウンドが有るとか無いとか、指導者が居るとか居ない以前に、そもそもサッカーをやっても良いのだろうか？被災した人がたくさんいる中で、サッカーに興じている場合なのか……。そんな思いばかりが込み上げてきていました。

震災直後は復興の目処が立たず、いつ、どのように街が建て直されるのか、まるで見当がつきません。ゆえに神戸市内所属のサッカーチームは、1995年度（新年度）のサッカー協会への登録は見合わせようという話まで起こりました。

しかし「子どもたちはサッカーがしたい」「サッカーをやっているからこそ、子どもたちの精神衛生も健全になっていくのではないか」という意見と共に「復興の見通しはつかないけど、夏か秋頃に生活状況が好転してきたら、またサッカーができるのではないか。そのために協会登録だけはしておこう」というサッカー関係者、役員の方々のおかげで、とりあえずは協会登録を行い、準備だけはしておくことになりました。

私個人は震災直後から、子どもたちとその家族、関係者の安否確認のため、バイクを走らせていました。電気、水道、ガス共に止まったままの街に信号機は動いていません。電話も通じず、当時は携帯電話もなかったので、安否確認は足で稼ぐしかありませんでした。名簿の住所を頼りに、一軒一軒訪ねて回りました。

後で知ったことですが、中には小中学校に設置された避難所に身を寄せていて、会えなかった子、つぶれたマンションに閉じ込められたまま、私が確認できずにいた子などがいました。

バイクで走っている最中に、自宅の1階がつぶれて身内が閉じ込められているということで救助を求められ、一緒に屋根を持ち上げたり、柱や木々を剝がしたこともありました。

教え子の中には両親と兄弟を亡くし、一人ぼっちになってしまった子がいました。隣人のサッカー関係者の家に身を寄せ、その方の尽力で高校、大学と卒業し、早々に家庭を持ち、今では立派に働いています。また、個人的な知り合いが数名亡くなりました。毎年、毎災害ごとに、当時のことを思い出します。

使命感に従う。震災を経て

震災発生から18日目の2月4日、U－15チームの練習を再開させました。

まだ電気や水道、ガス、交通手段も復旧していない時期でした。信号は点かず、交通渋滞は日常的で、食事の配給もままならない頃だったので、「時期尚早」と反対の声はたくさんありましたが、子どもたちの『明るい顔復活計画』は早いほうが良いと判断し、実行しました。

2月4日以降、兵庫県東部地区に住んでいる子は、武庫川河川敷（兵庫県尼崎地区。大阪府寄り）。西部地区に住んでいる子は姫路市内や三木市内の学校や公園。神戸地区の子どもは西神地区（神戸市内で被害が少なかった地区）の公園で練習を行いました。

中1から中3の子には、自力で来ることができる場所に行き、練習をしようと連絡をして回りました。全員が揃うことはありませんでしたが、元気な顔を観ることができました。

最初は各場所週1回から始め、体を動かし、気分転換を目的としたミニゲームをたくさんしました。私はその都度バイクで移動し、尼崎から姫路までおよそ100㎞を行ったり来たりしていました。

良かれと思って始めたトレーニングでしたが、サッカーをやることに対して、罪悪感があったのも事実です。「そんな力があるなら人助けしろ！」という世間の態度や目が、恐怖でさえありました。

街が崩壊し、想像を超える悲惨な状況。自身が被災したり、身内に命を落とした人がいる。学校は休校になっている。そんな中でサッカーをすることの意義は何なのか？　サッカーに対する思いや価値観、正義感、博愛といったものと向き合い、「子どもを教える」という自分の使命感を胸に、様々なことに向き合った日々でした。

ヴィッセル神戸アカデミー創世記

前に述べたようにヴィッセル神戸のアカデミーは、神戸FCの下部組織が移管する形で誕生しました。

1995年に神戸FCから加藤さんと私が移籍し、加藤さんは育成のディレクターという立場でU－18の監督も務めました。その加藤さんと川鉄トップチームのコーチをしていたネルソン松原さんが中心になってU－18の指導を行い、私はU－15～U－13の3学年を担当することになりました。

震災の直後は、グラウンドがない、練習をやるにも人手が足りない状況でした。神戸FC時代はボランティアコーチが数名いたので、専任は私ひとりでも運営することができましたが、ヴィッセル神戸の下部組織はボランティアコーチを採用できない体制だったので、3学年を一人で指導することになったのです。当時で選手50人弱は在籍していたと思います。

その後2、3年はヴィッセルのトップチームを引退した選手たちがアカデミーのコーチになってくれたので、なんとか分担し、充実した指導ができるようになりました。

1997年の年末、強化部長の長谷川治久さん（元日本代表。ヤンマーサッカー部所属）に「U－18チームの監督をやってほしい」と言われました。

当時の私は神戸FCからの出向という形だったのですが「独立して、プロとして勝負したらどうだ」と言われたのを機に、神戸FCを退職してプロのサッカーコーチとして独立することにしました。

その時のU－18の選手たちは、ほとんどがU－15チーム時代に指導をしていた選手だったので、カテゴリーが上がったとはいえ、違和感はありませんでした。

震災直後の1995年に高円宮杯U－15選手権・関西大会優勝、本大会全国ベスト8。翌96年に全国クラブユース選手権U－15大会・関西大会優勝、本大会ベスト8まで勝ち進んだ子たちだったので、ユースで一緒にやって上を目指そうという気持ちは共通していたと思います。

その時のユースメンバーの一人が、現在、姫路獨協大学女子サッカー部監督を務めている藤谷智則です。私は神戸FCの年長時代から彼を知っており、小学校3年生から高校3年生までの10年間、直接指導をしていました。大学生を終え、ヴィッセル神戸ジュニアの指導をしていた彼を姫路獨協大学に誘い、女子サッカー部の指導を任せていたので、44歳になる彼の人生の半分は共闘していることになります。長い付き合いです。

Jユースカップで初優勝、クラブ初タイトル

U－18の指導を始めて2年目。『1999 Jユースカップ』で、ヴィッセル神戸初のタイトルを獲得することができました。

Jユースカップの準々決勝、相手は清水エスパルスユースでした。将来性豊かなタレントが揃う強敵で、大会

前からひとつの山場だと思っていました。

その上、会場は彼らのホーム・日本平スタジアムです。さらに正ゴールキーパーの水田泰広が風邪で試合に出場できなくなるという、厳しい状況でした。

そんな中、選手たちがよく頑張り、延長を終えた時点で3対3の同点。勝負の行方はPK戦にもつれこみました。正ゴールキーパーが不在ということで不安もありましたが、心配は無用でした。この試合でゴールキーパーを務めた谷潤一郎が、相手のシュートを止めて勝利しました。案ずるより産むが易し。選手を信じることに損はありません。

続く準決勝の相手は、Jリーグに昇格する前の、いわゆる街クラブのカテゴリーに属していた、愛媛FCユースでした。

1999年Jユースカップ優勝。クラブ初タイトルを獲得

ヴィッセルの選手たちは、準々決勝で優勝候補に勝ったこともあり「余裕で勝てるだろう」といった雰囲気になっていて、この空気感を払拭することが最大の課題でした。落とし穴が目の前にあることがわかっていながら、みすみすはまっていく様なものです。準決勝までは中3日しかなかったのですが、この間の練習はかなりテンションを上げて、緩んだ空気を作らせないように必死でした。

一番熱心に練習に取り組んでいた、キャプテンの大島康明（現・FC岐阜監督）を名指しで怒り、他の選手の気持ちを引き締めたりもしました。一生懸命、取り組んでいた大島にとっては、納得のいかない場面だったと思います。

試合は予想通り、点を取られては取り返すという接戦でしたが、2対2に追いついた後、試合終了直前に決勝点を決めて、3対2で勝利しました。この試合を乗り切ったことは、選手はもちろん、私にとっても大きな自信になりました。

決勝戦の相手は横浜F・マリノスユース。坂田大輔選手、田中隼磨選手、榎本哲也選手など、後にトップチームで活躍するタレントを揃える強豪でした。

決勝戦、前半はかなり攻められましたが、前半終了間際に大島からのスルーパスに反応した河合洋輔がGKの頭上を抜くシュートを決め、1点リードでハーフタイムを迎えました。

勝利が目の前にちらついたのか、ハーフタイムのロッカールームはハイテンションになった選手たちが落ち着きを失い、喋りまくっていました。

そこで私は選手の目を覚ますために、大きな声をあげ、大げさにホワイトボードを叩きました。その様子を見た彼らはハッと目が覚めた様で、やっと落ち着きました。

そこで「いいか、俺の話を聞け！」とまずは落ち着かせて、相手の戦術的状況、自チームの機能している点を整理して、後半に向けて指示を授けました。

「後半は左サイドからボールを回そう」「後半の途中から加古卓也を投入するから、ゴール前に入ってくる加古に合わせろ」。

するとそれが的中し、左サイドを突破した阿江洋介からのグラウンダーのクロスボールに加古が合わせて2点目を奪いました。

途中出場の選手がゴールを決め、2対0の完封勝利でした。ヴィッセルサポーターも何人か駆けつけて、応援してくれていました。試合終了後の選手の顔、スタジアムの様子……。あの光景は今でも覚えています。

プロのサッカーコーチとして臨んだ1年目。神戸FC時代から、手探りで積み重ねてきた指導内容。必死になって選手と向き合い、悩みながらトレーニングを重ねてきた日々が報われた思いでした。

教え子がJクラブの監督に

Jユースカップで優勝したメンバーのうち、二人がトップチームに上がりました。一人はキャプテンの大島康明です。彼は神戸市内の少年サッカーチームから神戸FC U－15に入団し、ヴィッセル神戸として移管した後も、U－15～U－18を経て、トップチームに昇格しました。子どもの頃からキャプテンシーを備えていて、中学1年生の時にはボールリフティングのトレーニングにおいて、どんな条件付きでもボールを落とすことなく、全てをこなしていました。

私は当時「中学生年代はノープレッシャー下ではパーフェクトスキル」を標榜してスキル練習を行なっていました。現在の私においても、基準として持っている物差しが大島です。

彼は2年間トップチームに所属した後、大塚製薬～徳島ヴォルティス～ギラヴァンツ北九州と所属して12年間プレーヤーを続け、J2とJFLを合わせて250試合に出場しました。

引退後は徳島ヴォルティスのスクールコーチを皮切りに、U－15コーチ、カターレ富山トップチームコーチ、鹿児島ユナイテッドトップチームコーチ・監督を経て、2025年からはFC岐阜

2024年、教え子の大島康明と。2025年よりJ3 FC岐阜の監督に就任した

のトップチームで監督を務めています。

指導者の道に進むことは聞いていはいましたが、教え子がＪクラブの監督になる日が来るとは、とても感慨深いです。

絶対的エースをスタメンから外す

Ｊユースカップの優勝メンバーで、もう一人トップチームに昇格したのが森一紘です。彼はボールを保持する能力に長け、間を作れる選手でした。持久力もあり、当時のトレーニングノートを見てみると、長距離走の記録はチームで1、2を争うほどでした。

ヴィッセル神戸のトップチーム昇格後、5年に渡ってプレーし、公式戦27試合に出場しました。6年目にはロアッソ熊本に移籍し、２００7年にトップカテゴリーの選手を引退。地元に帰って、２００8年にパシーノ伊丹というクラブチームを設立しています。今でも監督としてクラブを切り盛りし、サッカー強豪高の主力レベルの選手を育て上げ、指導者として頑張っています。

森は中盤でボールを捌くゲームメイカーで、U－16代表にも選ばれていました。

当時のＪユースカップは9、10月頃にグループ予選があり、12月末が決勝戦でした。その年のＪユースカップの出足は非常に悪く、予選グループ3試合を終えて、1分け2敗でした。大会はホーム&アウェイ方式で、10試合の予選リーグを行うレギュレーションだったのですが、なかなか勝てない状況の中で、森があるプレーをしたので「それがプロに昇格すると決まっている選手がするプレーか！」と叱責して交代を指示し、次の試合から3試合ほど先発から外したことがありました。

チーム内では絶対的な選手で、戦力であることは間違いないのですが、私としては選手としてやって良いことと、やってはいけないことの区別をきちんと指導し、チームとしての基準を全体に示す必要がありました。

そのプレーとは、相手キーパーが蹴ったボールを中盤の位置で相手選手と競り合い、ヘディングで跳ね返すプレーでした。重要かつミッドフィルダーとしては必ず要求されるプレーです。しかしながら彼はその時するふりをして、直前に避けてしまったのです。これは絶対にしてはいけないプレーです。その影響で後ろの選手は慌ててボールを処理することになり、場合によっては失点してしまう可能性すらある訳です。

この試合では何とかその場面を切り抜け、大事には至りませんでしたが、同じことが起こるとチームに安定感が失われ、試合の流れを引き寄せることができません。

何よりも森自身が、プロに入って鎬を削り、レギュラーを掴まなければならない立ち場にも関わらず、不用意なプレーをしたことに対して、絶対に許してはならないという信念で、厳しく指導する必要があると判断しました。

もちろん私自身、試合に勝ちたいと思っています。しかし勝敗は度外視してでもチームとしての基準を示し、同じ強度のプレーを個々に要求することが、監督に課せられた仕事です。

この試合での途中交代と後の3試合における不出場により、戦力的に厳しくなったのは間違いありません。一方で、周りの選手が「森がいない分、俺たちがやらなければ」「一紘を決勝トーナメントに連れて行こう」という気持ちになった様で、そこから勝ち上がり、最後に優勝したのです。

実は、このJユースカップの前の8月に、日本クラブユース選手権全国大会がありました。決勝トーナメント1回戦で負けたのですが、敗者トーナメントで1位になれば、高円宮杯の第5代表権がもらえるというレギュレーションでした。

まだ望みが残っている状況にもかかわらず、試合前夜に3年生3人が宿を抜け出し、規律違反をしました。スタッフがたまたま見つけたので3人を呼び出し、事情説明を求めると、皆正直に白状しました。そこで私は駅に行き、神戸までの切符を3人分買いました。

当時の強化部長に電話して「今から3人を神戸に帰します」と伝えると、強化部長は「分かった。そういう状況なら、サテライトリーグの試合に出そうと思うから、大島と森も帰らせてくれ」と言って、合計5人を神戸に帰らせました。

3年生は計6人いたので、1人だけ残し、5位決定戦に向けたリーダーに据えました。規律違反をした3人には「お前たちはもういい。二度と俺の前に来るな」と伝え、練習参加の許可は出しませんでした。

試合の方は2年生主体メンバーで浦和レッズユースと対戦し、0対1の惜敗。メンバーが揃っていたら、勝てたかもしれないと思えるほど良い試合をしました。怪我の功名というか、2年生の力を測ることができたので、負けはしましたが、実りある試合になりました。

神戸に帰ってきてオフを挟み、Jユースカップに向けた練習日。丸坊主にした3人がグラウンドに現れ、「練習に入れてください」と頭を下げてきました。しかし断りました。それが3週間ほど続いたでしょうか、最終的には「一生懸命やるんやで」と言って練習に合流させました。

断られても何回も「入れてください」と頭を下げにやってくる選手たち。今の時代なら「あっそう！　じゃあいいわ」と言って帰っていくかもしれません。そう思うと彼らはよく粘ったと思います。

ブレない基準を持つ

そんな出来事があった後、迎えたJユースカップ。私は森に「トップチームに上がるような選手が、仲間を困らせるようなプレーをしたらあかん」と言っていたので、前述のヘディングを避けるプレーは、なおさら許してはいけないと感じたのです。

チームが優勝することは嬉しいですが、レベルの高い選手を育成するために指導をしているので、そこは譲れませんでした。

ましてやチームメイトが坊主にして「サッカーがしたいです」と頭を下げた後です。エースが横着しては筋が通りません。「お前が頑張らないと、あいつらも頑張りはしないだろう」と話し、こう言いました。

「なぜ途中で交代させたか分かるか？　チームが勝つことも大事だけど、一紘個人があんなプレーをしている様では、プロに行っても通用しないからだ」

森は身長があまり大きくなく、ヘディングは苦手でした。しかしそれを理由にはできません。きちんとプレーをやり続けることが大事なのです。

もちろん得意不得意はありますが、ボールが上がった瞬間に「おい、後ろ」と言えば済むことです。やるふりをして止めるのは一番いけません。些細なプレーだと思うかもしれません。見逃すこともできましたし、失点にもつながりませんでした。

しかし、それを見逃さないことで、周りの選手にも私の基準が伝わります。ああいうプレーをサボってはいけない、上手くても手を抜いたらダメだ、ということが浸透するのです。このブレない基準作りと伝達こそが、監督に一番必要な能力なのではないかと思います。

トップチーム コーチ&青空ミーティング

1998年、翌年からJリーグが二部制になるため、ヴィッセル神戸は一部残留が至上命題でした。しかし、その年は17位に沈み、16位のコンサドーレ札幌とJ1参入をかけたホーム&アウェイの試合を戦うことになってしまいました。

負ければ来シーズンからJ2という状況で挑んだ試合は、ホームゲームを2対1、アウェイゲームを2対0で勝利したことにより、残留が決定しました。(シーズンは9勝25敗 45得点 89失点 勝ち点25 最終順位17位)

シーズンの終盤で参入戦への出場が決まった頃、私はU-15を担当していました。しかし最後の公式戦となるU-15高円宮杯への出場権を逃してしまった(10月に公式戦が終了)ことから、強化部長に「参入戦があるから、トップチームの指導を手伝ってほしい」と言われ、帯同することになりました。

参入戦の時期はトップチームにアシスタントコーチとして帯同し、翌年のシーズンが始まってからも手伝う期間が続きました。

当時、トップチームの監督を務めていたのは、前年までヴェルディ川崎の監督をしていた、川勝良一さんです。実は前年(97年シーズン)に、ヴェルディで試合出場機会の少なかった若手選手や、他チームの若手選手がヴィッセル神戸に出場機会を求めて、たくさん加入していました。

そんな状況の中、川勝さんが新たに監督としてまた目の前に現れたので、若手の彼らは「また試合に出られなくなるのではないか」と戦々恐々としていました。そんな悩みを抱える彼らに対して、私はコーチとして相談に乗る日々が始まりました。

布部陽功選手、小島卓選手、吉田恵選手、曺貴裁選手、鈴村拓也選手、松尾直人選手などと練習終了後、グラウンドに残って青空ミーティングをしたのは良い思い出です。彼らが指導者として今も頑張っているのを見ると、エネルギーが湧いてきます。

新任の強化部長と対立

ヴィッセル神戸アカデミーでは、最終的に強化部門の下部組織統括責任者を任されました。私が統括を任された時期の強化部長（GM）は長谷川治久さん。トップチームの監督に松田浩さん（バクスター前監督の下、ヘッドコーチを務める。現・ガンバ大阪フットボール本部長）が就任しました。

長谷川GMは当時「トップチームは松田、アカデミーは昌子。この二人でクラブを作っていく」という方針を示してくれて、松田さんと共にクラブの将来像を話し合いました。しかし、長谷川さんが3年ほどで退任すると、状況は一変しました。

新たに就任したGMに対し、私はアカデミーの長として、年間計画や事業案、予算案を提出し、今までの経緯など、アカデミーの考え方をお話ししていったのですが、あまり興味を示してもらえませんでした。

直接的な対立のきっかけとなったのが、全国大会に関する予算の使い方でした。U－15もU－18も全国大会に出場し、勝ち上がって行けば行くほど、大会参加期間が伸び、宿泊費等が嵩んで行きます。私は費用の保護者負担を少しでも減らすため、アカデミー事業費として、約300万円の予算を確保していました。

ところがこの年、U－15チームが全国クラブユース選手権大会・関西予選で敗退し、全国大会出場を逃してしまいました。そこで「全国大会に代わる強化遠征に、確保していた予算を使いたい」と申し出たところ、認めてもらえませんでした。

我々としても、当然、全国大会に出場したいですし、全国優勝を目指していたのですが、これればかりは相手がいること。残念ながら敗退することもあります。

そこで、下部組織の最終目的でもある「トップチームで活躍できる選手の育成」を実現させるために、全国大会に負けず劣らずの選手強化（関東遠征や海外遠征など）を実施させてもらえるよう企画案を作成しました。

しかし「この３００万円は全国大会用の予算だ」と言われ、強化遠征ができませんでした。そこで予算の位置づけについて「全国大会にしか使えないお金であるなら、別会計予算として、強化費には計上しないでほしい。そして、その説明を年度当初にしてほしい」と要望をしました。

するとそれ以降、強化部長から完全に無視されるようになりました。打ち合わせの約束をしても「忙しい」と取り合ってもらえず、たまに話をしても、横を向いたまま目線も合わせず、無言の対応でした。しかしながら、この対応全てが私にとっての肥やしになり、反面教師として多くを学びました。

そんな関係のまま、２００１年12月の契約更新面談を迎えました。通常なら下部組織スタッフの面談の順序は、責任者である私が最初となり、育成のスタッフの業務状況や個別評価を話し合います。

しかしこの年は、面談の順番が最後に回されていました。案の定、強化部長と顔を合わせると、なんの説明もなく「給与０円」と書かれた紙を渡され、「これでもよければ雇う」という言い方をされました。

さらに驚いたことに、面談室を出ると、強化部長の息のかかったエージェントが私を待っていて、「昌子さん、この先どうされるのですか？」と声をかけてきました。

私はたった今、処遇を聞かされたところなのに、私より先に０円提示の内容を知っているエージェントが部屋の外で待っているなどあり得ない話です。彼の身内に筒抜けだったのです。ヴィッセルとは最後、そのような形で縁が切れました。

私が指導者としてヴィッセルとプロ契約をしたとき、下部組織統括の加藤さんに「神戸FCを辞めて、独立します」と報告したところ、「ヴィッセルU－18の監督をするのはいいけど、なぜ神戸FCを辞めるのか？　もしヴィッセルとうまくいかなくなったら、帰るところがないぞ。神戸FCの職員のままでいたらいいじゃないか」と、心配してくれました。

1999年の春にヴィッセル神戸と契約して、2002年に辞めるまで3年程でしたので、退任後の身の振り方は大変ではありましたが、退路を経ってプロの指導者としてチャレンジしたい気持ちのもと、ワクワク感でいっぱいの3年間でした。

楽ではない世界でやっていくという強い意志があったからこそ、選手に対して妥協せず厳しく要求し、緊張と緩和の中で指導ができたのかもしれません。

プロは結果を出してなんぼの世界と言われます。時にはナーバスになったり、負けたらどうしよう、今日の練習はこれで良かったのかなど、家に帰ると落ち着かないこともありました。今となっては、プロのヒリヒリした世界に身を置くことで、成長できたところもあったように思います。

姫路獨協大学の監督をしていた頃、チームにスローガンを作りました。

それが「機を観て敏　一刻先制」です。

その言葉を教えてくれたのが、神戸FC時代のクラブ会長、故・河本春男先生（当時・株式会社ユーハイム会長）でした。

当時、河本先生の自宅に、ご招待いただいたことがありました。

河本先生は神戸一中教員・サッカー部監督時代から、神戸市サッカー協会会長・株式会社ユーハイム会長時代まで、常に心がけていたことが「常に一歩先んじ、一刻早く」という考え方だと話して下さいました。

「これはサッカーで学んだことだけれども、一般社会にも通じる大切な考え方だから、いつまでも持っておきなさい」との言葉を頂きました。

おっしゃるとおり、サッカーやスポーツに限らず、社会に出ても必要なことなので、社会人になる大学生（サッカー部員）と、日々接している私は、この言葉を学生に贈りたいと思い、「機を観て敏　一刻先制」を、サッカー部のスローガンにしました。試合の度に特大の横断幕を掲げ、奮起させました。

こぼれ話③

機を観て敏　一刻先制

ちなみに、部旗や横断幕の扱い方も指導しました。平気で地面に置いて、フェンスに紐部分を結びつける学生もいました。オリンピックのような大きな大会で、最初に旗が入場するのはなぜだか、ご存知でしょうか？

旗は集団の顔と見なされているからです。人間は自分の顔を地面に付けたりしないのと同じ様に、旗を汚したり、地面に付けてはいけないのです。

私がよく使用した言葉

「良い準備は良い結果を生む」
（平日の練習、大事な試合前）
「3歩前進2歩後退　しかし1歩は進んでいる」
（試合に負けた時、上手くいかない時）
「準備は周到に　行動は大胆に」（勇気を持たせたい時）
「判断より決断が大事」（試合中）
「迷った時のために立ち返る場所を作ろう」（練習時）
「トップ（先頭）を見ろ」（試合中のボール保持の時）
「慌てず　落ち着き　一呼吸」（ハーフタイム）
「周りに敏感になれ」

4

姫路獨協大学への道

きっかけは出張指導

ヴィッセル神戸のアカデミーから「0円提示」を受けた後、大学時代の恩師・祖母井《うばがい》秀隆さんと連絡を取りました。祖母井さんはジェフユナイテッド市原（当時）のGMをされていたので、「指導者を探しているところはありませんか？」と相談しました。すると「ジェフで面倒を見ることができるかもしれないけど、現時点で100％とは言えないから、他所も当たって、就活をしておくように」と言ってくれました。

それが2002年の年明けでした。その話を踏まえた上で人脈を辿って、知り合いと連絡を取り、新年度の4月までに新たな仕事先を見つけようと、就活を始めました。

すると、ある大学の先生から「愛知県の高校の教員募集の話がある」との連絡を頂き、学校見学に行きました。また、いくつかのクラブチームからもお誘いを頂きました。しかしいずれの条件も「4月から勤務する」というお話しでしたので、2、3月の二ヶ月間は収入がない状況でした。

2月中旬頃、そんな状況を見かねてか、指導者派遣事業を行なっていた、NPO法人エストレラ姫路（以下エストレラ）の理事長から「次の仕事が決まるまでの間、出張指導をやってみないか？」と声をかけて頂きました。収入がない二ヶ月の間に、少しでも実入りがあれば嬉しいものです。理事長に「お願いします」と返事を入れ、どこに出張指導に行くのかを尋ねました。

それが、後に22年も勤めることになる、姫路獨協大学のサッカー部だったのです。しかし失礼ながら、当時の私は姫路獨協大学の存在を知りませんでした。

大学への提言

高校の教員やクラブの指導者など、いくつかお話を頂いてはいましたが、決断に至る決め手を欠いていました。姫路獨協大学にしても派遣業務であり、37歳という、指導者として脂が乗り始める時期に「サッカーにおける知名度も実績もない学校で、指導者人生を送りたくない」という思いから、私はジェフユナイテッドに行く方向で気持ちを固めつつありました。

その気持ちを知るや知らずや、姫路獨協大学サッカー部部長の梅澤知之先生は熱心に誘ってくれたのです。梅澤先生はドイツ語・ドイツ文学専攻の教授で、学内の教務部長も兼務していた方です。ドイツのことをよくご存知で、ドイツサッカーにも精通されていました。

3月上旬、姫路獨協大学に赴き、話し合いの場を設けて頂きました。大学に対してお断りを入れるつもりでしたので、「本気でサッカー部を強化するのであれば、これらのことに対してコンセンサスを取り、学内上げて協力体制を構築、実行して行かなければ、全てが中途半端で逆効果になりますよ」と、少し突き放す様な、それでいて助言の様な内容を伝えました。

体育会運動部を強化する目的は、第一に文武両道を貫く、質の高い学生を確保することにあります。そして運動部の競技成績にあやかり、大学の知名度を上げること、学生数の確保も目的のひとつです。

一言で「強化」といっても、簡単ではありません。一歩間違えると、競技成績が上がるどころかマイナスイメージがついて回り、逆効果になりかねません。

私は話し合いの場で「この内容を実現して頂けるのであれば、獨協大学にお世話になります」といった意図ではなく、「要望は出しますが、実現は難しいですよね？　ですから姫路獨協大学には、お世話にはなりません」といった意味合いを含めた「提言」を伝え、気持ちの中ではお断りを入れたつもりでした。

提言した内容は、次の10点です。

①スポーツ推薦制度の確立
②学費免除システムの確立
③部活動と授業との両立支援
④人工芝をはじめとする付帯設備の充実
⑤ナイター照明の設置
⑥学内におけるスポーツ支援室の設置
⑦強化策策定における監督の権限明確化
⑧指導者の増員
⑨遠征用バス確保
⑩寮の建設

正直に言うと、このような体制を早急に構築し、実行することは少々難題だと思っていました。そのため「3年ぐらいかけて、順次対応していくのであれば、本気度は見えなくもないな」と思っていたほどです。

エストレラを通じて調整していた、姫路獨協大学への派遣指導の日程がなかなか決まらずにいると、何がどうなったのかエストレラの理事長から「大学側からの依頼が急展開して『出張指導者ではなく、本採用の教員としてサッカー部の指導をお願いできませんか？』という話になった」と連絡を頂きました。

そこで再度、大学側と話し合いの場を作って頂いた時に「この前の要望をすべて飲んだら、姫路獨協大学に来て頂けますか？」と言われました。

どこでどういう話になって、教員としての採用になったのか？

言い出したのは大学側か？ はたまた第三者か？

祖母井さんの助言もあり、多方面で就活を実施していたところ、思わぬ方向へ舵が切られて行ったのです。これが3月上旬の最初の話し合いから、4、5日が経った頃でした。

大学かJクラブか。考え抜いて出した結論

このお話を頂いた日から、4月1日の新年度スタートの日まで、そう多くは残っていません。手続き等の準備スケジュールから逆算すると、結論を出すリミットは一週間ほど。朝から何をする訳でもなく、机に向かい、あれこれと考えました。するとジェフユナイテッドへと向いていた気持ちは、少しずつ変化していき、「ちょっと待てよ」と、心の中に何かが芽生えるのを感じました。

今まで指導を行なってきた神戸FCやヴィッセル神戸は、組織としての形が存在し、幾らかの歴史を持ち、組織の長からの指示で物事が左右され、自分の自由がありそうでないといった、良くも悪くも「型」がありました。

ところが、歴史はわずか15年ほど、その間の主な戦績はなし（過去の戦績はリーグ3部止まり）。サッカー専

門歴代監督の前例なし、OB会は存在するものの、影響力による阻害は皆無という姫路獨協大学サッカー部は、新たな挑戦をする観点で考えると、魅力的に映り出したのです。

自身の哲学のもと、自分の責任で、自分色にいかようにも染めることができる環境は、今まで関わった組織とは真反対に感じました。誤解のない様に言うと、大学であれば何でも好き勝手、自由に動かせる訳ではありません。きちんと手続きを踏まなければ、学校の許可が降りないのは言うまでもありません。

一方で、サッカー部の方針、運営方式（部費額の決定やその予算化、協会登録やエントリー方法など）、企画（2軍チームの取り扱い、大会やチャリティーサッカーの開催など）などは、全て自分に任されます。自分でアイデアを出し、自由な発想、自由な行動力で大学側にプレゼンできるのです。

ヴィッセル神戸時代に、人間関係に左右される人事、明確な査定基準もなく、簡単に解雇する人事、納得感、説得力のない人事を体験して感じたのは、自らがヘッド（長）になり、人事権を握らなければ、自分の哲学は実践できないという思いでした。そう考えると姫路獨協大学は、自分のビジョンを実現させる、絶好の機会ではないかと思う様になりました。

もう一つ決断材料になったのは、指導者や協会業務など、サッカー活動を行ってきた基盤が関西エリアにあったことです。地盤も人脈もない関東へ行き、一からそれらを構築することの大変さは、理由としては小さくありませんでした。また、妻や子どもの生活環境の変化も、できれば最小限に留めたい思いもありました。

大事にしている二つのこと

3月中旬、姫路獨協大学側から「本採用の教員として……」という内容の連絡をもらい、二度目の話し合いの日時を決めた翌日。祖母井さんから「会社の稟議が降りた。100%になったぞ！　いつこっちに来られる？」という電話を頂きました。

そこで私は「祖母井さんが言っていた様に、私は私で就活をしていました。明日、姫路獨協大学へ行って、話し合う予定です」と告げ、とりあえず大学との面談に行きました。

この時の私は「就職先が決まっていない。候補先もない」という、焦りに近い心境から一転、選択を迫られる状態になっていました。そして姫路獨協大学にお世話になることへと、気持ちが傾きつつありました。

その理由はいくつかあります。まずは学生時代に目指していた、教員業務に携われること。さらには、ヴィッセル神戸との別れ際に経験した仕打ちから、それと同じ世界である、Jクラブに足を踏み入れることへの躊躇い。大学サッカーチームという一国一城の主になれること。今まで通り、関西で拠点を持てること。家族のこと……。

最終的に姫路獨協大学の本採用教員として、サッカー部の監督に就くという選択をして、2002年3月22日に大学側に返事を入れました。

私は、指導者を続けるにしても他の職種に就くにしても、成し遂げたいことがありました。それが「人の配下で言われたことだけをする人生で終わりたくない」「人の配下にいるために、言われたことしかできない人生で終わりたくない」の二つです。この二つのことだけはいつかどこかで実践し、サッカー指導者であろうがなかろうが、最後は人として満足感を持って、自分の仕事を終えたいと思っています。

姫路獨協大学でお世話になることを決めたのは、37歳のときでした。この二つのことは、将来、その様な環境に行くという目標でもありました。自分らしさを発揮できない、自分のやりたいことを自分の方法で実践できない環境には長くいたくない。となると、姫路獨協大学で新しいスタートを切る道を選択するのは、必然であるという結論に至りました。

大学にお世話になるという返事をする前の3月20日、祖母井さんに「すみません。姫路獨協大学にお世話になることに決めました」と伝えると、「俺は大学からJに行ったけど、お前はJから大学に行くのか。俺の反対だな」と言われました。そして最終的には、私のわがままを受け入れて頂きました。年度も押し迫った時期に、採用を決定した相手が断りを入れて来た訳です。ジェフユナイテッド株式会社に対しても、祖母井さんに対しても大変ご迷惑をおかけし、無礼を働いたこと、不義理をしたことを、今でも申し訳なく思っています。

祖母井さんは大阪体育大学生という環境からドイツに渡り、ヨーロッパのスポーツ事情を10年に渡って体感し、「スポーツは学校ではなく、地域クラブでするもの」という考えから、Jリーグに移った人です。私の選択は正反対の道でした。

体育教員ながら、外国語学部英語学科に所属

２００２年4月、姫路獨協大に体育教員として赴任しました。最初は講師という肩書きで、スポーツ社会学とサッカー実技、マリンスポーツ実習（海洋実習）、スノースポーツ実習（スキー実習）といった科目を受け持ち、週6コマ（1コマ90分授業）の授業を担当していました。

夕方にはサッカー部の指導を行っていたので、中学や高校の先生と似た様なサイクルにあったと思います。以

前の職場は平日にオフが一日あったのですが、教員になるとオフはカレンダー通り。サッカー部は月曜日がオフでしたが、教員としては授業の有無にかかわらず、月曜は出勤日でしたので、土日に練習や試合に出かけると、休める日は一日もありませんでした。

しかし、姫路獨協大学に教員として採用されたことで湧き出てくる想いや野望、目標や意欲といったものは、置かれた環境への不満など微塵も感じさせない、消化剤のようなものでした。

教員は大学で専門性の関わりがある学部・学科に所属するのですが、私の所属は外国語学部英語学科でした。サッカーに関わってきたので、英語が多少は分かるだろうとの配慮だった様ですが、英語が分かるといっても片言であって、ネイティブティーチャーの英会話はほぼ分かりません。そんな個人の事情などお構いなしで配属されました。

学科会議などはネイティブティーチャーが在籍されている以上、日本語と英語が入り混じって行われます。そもそも私は語学担当教員ではないため、英語学科のカリキュラム編成や学生の評価方法、学科独自の行事計画等、仕組みそのものが分かっていません。加えて英語で会議が行われるのですから、内容はほとんど理解できていませんでした。この時の私にできることは、学科会議の時間を英会話教室に変えて、英語を学ぶことでした。

2005年頃、体育授業でサッカーをした時のメンバーたちと

既存の部員を尊重する

私が2002年4月に採用された時点でサッカー部は存在しており、18名ほどが在籍していました。その上で私は翌2003年度から、スポーツ推薦制度で学生を受け入れる準備をしていました。

この時点で注意を払っていたのが、既存の部員の不安や憤りを緩和することです。彼らにしてみれば、いきなり新監督が現れ、翌年から「スポーツ推薦で新入生を大挙入部させる」と言われるわけです。

そうなると「既存の俺たちはどうなるのだろう?」「もう必要ないと言われるのかな?」「試合に出られなくなるのでは?」などの不安を覚えるのではないかと想像しました。そこで私が最初にしたのは、サッカー部の方針や指導方針、今後の計画や予定をきちんと説明することでした。

そして4月上旬、大学の授業が始まる前の春休みのこと。既存のサッカー部員相手に指導を行うぞと、意気込んでグラウンドに向かいました。

すると新3年生のキャプテンから「年明けから、指導者なしで練習をしてきました。4月から始まる学生リーグも、例年通り、自分たちだけで練習も試合もするので、口を挟まないでください」と告げられました。

これらのセリフは想定内だったので「わかった。春季リーグは何も言わず、練習と試合を観る様にする」と伝え、グラウンドにも入らず、遠巻きに観るようにしました。

実は既存の部員の中には、私のことを知っている学生もいた様です。ヴィッセル神戸U-18の監督を務め、全国優勝したことがあるという情報も耳に入っていた様でした。

4月7日に始まった春季リーグ戦も5月6日には全日程が終了し、3部Dブロックで3位になったことで、2

部昇格はできませんでした。

その後、しばらくは学生だけで練習を行っていましたが、7月に入ると中心メンバーが数人来て、「秋季リーグに向けて指導をしてください」と言いました。後で聞くと、私に指導をして欲しいメンバーと、して欲しくないメンバーとで意見が分かれていた様です。

7月下旬から指導を始め、夏休みには長野県の菅平高原で強化合宿を行いました。菅平高原では、多くの大学チームが合宿をしていたので、練習試合をたくさん組むことができました。当時の姫路獨協大学サッカー部は3部リーグ所属。過去に1部リーグ所属チームと試合をしたことがなかったらしく、強豪チームを見ると、試合前から怯んでいる有り様でした。

この合宿中に阪南大学と試合をする機会がありました。相手は1軍ではありませんでしたが、強豪校だけあって相当のレベルでした。その試合で私はコーナーキックの秘策として「キッカーは誰で、この選手がまずこう動いて、次の選手がここに動くので、キッカーはそこを狙って蹴る」といったように、フォーメーションパターンを授けました。

結果的に、思惑通りの形でコーナーキックから得点が決まったのです。この瞬間から、選手たちは私の指示をしっかり聞いて、トレーニングに励む様になりました。

歴史をつなぐ、センサーの感度

菅平での強化合宿を終え、姫路に帰ってからは、選手とコミュニケーションを取るために、グラウンドでの他愛のない会話に加えて、月に数回の頻度で鍋パーティーを開催して周りました。この月は〇〇君の下宿で、来月

2024年、私の還暦と大学退官を兼ねた祝賀会を開催してくれた

は△△君の下宿でといった様に、持ち回りで鍋を囲み、たくさんの選手と交流しました。

具材は私が買っていったり、買ってきてもらった分の費用を出したり、時には割り勘でと毎回色々な形で集まり、少しばかりのお酒も嗜みながら、互いに心を開く時間を作りました。

神戸ＦＣ時代からそうだった様に、私はまず選手の意見を聞いてから、行動を起こすようにしています。子どもと違って大学生は、より一層自分の意見を持っているので、聞くことと伝えることは重要なファクターでした。

ボタンの掛け違いの様に、最初に一つ間違えると、いつまでもズレたまま、物事が進んでしまいます。選手が考えていることや感じていることを察し、ズレを修正したり、先にアクションを起こして問題を防ぐことができれば、チーム作りは軌道に乗るのです。私のセンサーの感度、レーダーの性能は今後を左右するものでした。

なぜ、鍋パーティーのような行動に出たのか、それには理由があります。姫路獨協大学サッカー部は１９８７年創部なので、２００２年に赴任した時点で12回期のＯＢを輩出していることになります。

サッカー部ＯＢが脈々と活動を続けてくれたからこそ今があり、私が指導を行うことができる訳です。しかしＯＢと私の間にはつながりがありません。私とＯＢをつなぐ唯一の架け橋は、目の前にいる18人の部員だけでした。

彼らと一緒に新しいサッカー部の体制を作らなければ、姫路獨協大学サッカー部の歴史はつながりません。彼らのサッカーライフ、学生ライフを充実させるのは、私の責務だと考えていました。

その甲斐あって、この世代のメンバーは、スポーツ推薦入学で集まった学生より、ＯＢとして試合を観に来てくれる回数が多かったです。

それからおよそ20年の時が経った、２０２３年2月。神戸ＦＣ、ヴィッセル神戸、姫路獨協大学、それぞれの時代で指導した教え子とサッカー協会でお世話になった先輩や仲間、総勢80名程が、私の還暦と姫路獨協大学退官を兼ねた祝賀会を開催してくれました。

そこに、大学でスポーツ推薦入学を始める前からいたメンバーは参加しませんでした。というのもサプライズ形式で、別の日に祝賀会を開催してくれたからです。当時の思い出話に花が咲くのはもちろんですが、独特な楽しい空気感で会は進み、教え子というより酒飲み仲間が集まる様な感覚でした。

彼らは現在40歳～44歳の年代です。今でもサッカーをプレーしている者、少年サッカーの指導者をしている者、我が子を指導している者、お母さんになって我が子のサッカー送迎に奔走している者、子育て真っ最中で右往左往している者と様々でしたが、昔と変わらぬ顔で再会したのでした。

人間性を重視して、1期生をスカウト

２００3年度の入学生からスポーツ推薦入学を始めることを受け、２００2年は準備に時間を費やしました。スポーツ推薦入学制度において、特待生制度や学費免除措置はありませんでしたが、入学金免除を実施しました。そして高校時代の学業成績と競技成績を評価し、一定基準を超えた生徒に対して面接を実施、入学者を選考し

ました。

2002年の4月から9月までの間は、西日本各県のインターハイ予選や高校生の大会の視察に行きました。結果、2003年度は17名の新入部員を受け入れることができました。サッカー部としてはこの17名と既存のサッカー部員18名との融合を第1目標に置きながら、2部昇格、3部総合優勝による、関西学生サッカー選手権（兼総理大臣杯予選）出場を大きな目標として掲げました。

チームを一から作るという観点から、私が初年度の選手スカウトにおいて重視したのが、サッカーの技量に加えて、理不尽に耐えられる精神力を持ち、先輩を敬い、挨拶がきちんとできるといった人間性の部分でした。着目したのが、神戸朝鮮高級学校サッカー部の選手たちです。彼らが持つ、年上を敬う精神、厳しいトレーニングに耐えうる忍耐力などは、チームの土台作りに有効だと考えました。

そこで、神戸FC時代に私の後任を務め、当時、神戸朝鮮高級学校サッカー部監督を務めていた金相煥（キン・サンファン。現・芦屋大学サッカー部監督）に打診し、4人の選手を受け入れました。彼らに加えて、兵庫国体選抜選手や岡山、京都、四国などから、個性豊かな選手を集めました。ちなみに、それから2年後に、姫路獨協大学サッカー部のコーチとして招聘したのが金相煥でした。彼には長い間、参謀役を務めてもらいました。

飛び込み営業マンのようなスカウト

当時は姫路獨協大学サッカー部の知名度は低く、放っておいても選手が集まる状態ではありませんでした。私自身、ヴィッセル神戸U－18監督時代にJユースカップで優勝したとはいえ、当時は大会自体の知名度も低く、Jクラブチームのマイナーな大会としての位置付けに過ぎませんでした。

そんな中で「姫路獨協大の昌子です。ヴィッセル神戸U－18で監督をしていました」と、高校サッカー部の監督に挨拶しても、大したリアクションもなく、軽く会話が終わる状況でした。

地元の兵庫県や関西、中国、四国の高校サッカー部や地域トレセン関連の指導者には、面識のある方がたくさんいたので、彼らを頼りにスカウト活動を軌道に乗せ、徐々に範囲を拡大していきました。

スカウト活動を行う中で感じたのは「大半の指導者は私のことを知らない」という事実です。各種大会を観に行っては、監督や選手が試合後に出てくるのを30～40分、時には1時間くらい待ち、アプローチしました。

何度も通えば、顔と名前を覚えてもらえて、深い話もできますが、1、2回訪れて声をかける程度では「どちらさまでしたか？」といった反応に終始し、「姫路獨協大学です」と伝えても「どこですか、その学校は？」といったことの繰り返しでした。

全国大会に出場するような強豪校に声をかけても、まともに話を聞いてもらえない時期でしたので、最初は各県予選の2、3回戦、ベスト8辺りの試合を観て、目を引く選手を探しました。

インターハイ等の全国大会を観に行ったときは、レギュラーの選手に声をかけても入部してくれることは稀だったので、試合に出ていないサブの7人（ベンチメンバー）を観察していました。40歳にして、飛び込み営業をする営業マンの様に、高校生をスカウトして回るのは本当に大変でした。

人脈はチーム力

地道に努力を重ねると、実りも出てくるものです。２００４年のスポーツ推薦2期生はヴィッセル神戸U－18時代の教え子が大量に、２００７年には愛媛ＦＣの主力選手や四国の各県選抜選手、東福岡高校から入学してくれる選手も現れました。

過去のサッカー部所属選手の出身校は多岐に渡りますが、高校サッカー部では国見高校（長崎）、市立船橋高校（千葉）、山梨学院高校、岡山学芸館高校など、全国制覇を成し遂げた学校からも来てもらえる様になりました。また、息子・源の母校である米子北高校（鳥取）は、息子より先輩の学年から入学してくれる選手もいました。クラブチームからはヴィッセル神戸U－18の他に、京都サンガU－18、徳島ヴォルティスユースといったチームからも入学してくれました。

スカウト活動期間としては、主に前年度の1月頃、つまり各県の高校サッカー新人戦が始まる頃から、翌年度7～8月のインターハイが終了する頃までが重要な時期です。

活動内容としては、各県新人戦視察とインターハイ予選視察を通して、各チームの優秀な選手をリストアップします。再度視察を重ねた上で、監督にスカウトの意思を伝え、選手と話をさせてもらいます。そこまで辿り着いたら、後は熱心に勧誘を進めて行くだけです。時には平日トレーニングの視察に出かけて勧誘し、場合によっては直接指導を行うこともありました。

そのようにして毎年、中国、四国、九州地域の全県にお邪魔し、視察を実施。当然、関西地域にも行きました。しかし闇雲にアプローチしても効果は上がりません。そこで兵庫県と縁がある選手や、大学進学時に地元の兵庫県に戻りたいという希望のある選手の情報を収集して、アプローチしていました。

ある程度、高校の先生と話をさせてもらえる様になると、「昌子さん、うちの◯◯選手を見てくれない？」と言ってもらえるようになりました。

大学サッカーで生き残るためには、スカウトの大変さから逃れることはできません。その中で、地道に培ってきた人脈が、後々助けてくれることを強く感じました。

選手寮と保護者会の環境を整備する

選手のスカウトに回っていた頃、高校の先生からよく聞かれたのが寮の有無です。選手を送り込む側（高校の先生）からすれば、衣食住＋勉学は心配の種です。学校に通っているのか、単位は取得できているのか、サッカーは全力で取り組めているのか、食事はきちんと摂れているのかなど、心配事は尽きません。

私が姫路獨協大学に採用される前に大学宛に提出した「提言」の中には、選手寮の記述もありました。提言の大半は実現されましたが、選手寮だけは手付かずのままで、寮が手配される気配はありませんでした。

大学に頼っていても埒が明かないため、知り合いを頼って寮を作ることにしました。作るといっても建設するのではなく、ある会社が社員寮として使っていた物件を紹介してもらい、借り入れたのです。学生から家賃として一定額を集め、物件全体の賃料を支払うようにしました。建物自体は大きな一軒家の様な造りでしたが、屋内にはいくつかの部屋と共同台所、5、6人が一度に入浴できる大きなお風呂、駐車場もありました。

そこで私が敷金、礼金、初月家賃を支払い、運用を開始したのです。その甲斐あって、青森県の東奥義塾高校から選手が来てくれました。彼は入学当初、ホームシックで辛い顔をしていましたが、私が寮に泊まって話し相手になるなどしたことで、大学生活にも慣れていき、最終的には正ゴールキーパーとして活躍しました。彼は現在、公務員試験を突破して大阪市消防局に勤め、結婚して家庭を持っています。今でも連絡を取り合い、食事に行ったりします。ここでも選手の話をまず聞くことからスタートしていました。佐藤優太、良い奴です。

チームを強くするためには、組織の拡大や充実も必要だと思っていたので、保護者会組織も作りました。総会をもって物事を決定していく組織にし、全ては活動の充実にあてるため、保護者会会費を頂く様に規約を作りました。年に一回の総会の日には姫路に来て頂き、昼間には試合や練習の見学をしてもらいました。日頃の活動の様子を披露することで、保護者の皆さんに安心を届けるよう努力しました。

総会の開催は夕方に設定し、その後は懇親会を開いて保護者同士のコミュニティの場も設けました。そんなこんなでアイデアを駆使しながら、環境づくりを考えていた時期でした。

サッカー部専用の人工芝グラウンド誕生

サッカー環境を整備するにあたり、真っ先に手を付けたのがグラウンドです。当時の姫路獨協大学学友会運動部の中では、アメリカンフットボール部とラグビー部のグラウンド使用権限が強く、サッカー部のグラウンド使用権は散々たる状態でした。

これら施設の管理は学友会と言われる学生自治組織が管理・運営を行っていたので、グラウンド使用バランスの良し悪しの根拠は解りかねました。

とはいえ、当初のサッカー部は指導者もおらず、部員18人といっても全員が出席してトレーニングを行う様な熱は持ち合わせていなかったので、その扱いの差異を理解できる部分もありました。

そこで私はアメリカンフットボール部のキャプテンのところに行き、「朝から夕方までグラウンド予約を入れているけど、使っていない時間もあるよね?」と言うと、「学生は授業開始時間が区々なため、全員揃いはしませんが、個人練習をするために長時間確保しています」と言うのです。

なるほど、意味は理解できます。そこで「公共施設グラウンドと同じように、2時間を1コマに換算して、話し合って使用時間を決めよう」と提案しました。皆が一目でわかる様なグラウンド貸出表を作成し、空き時間がわかるようにするのはどうかといった提案をして、システムを変えていきました。

当時の姫路獨協大学のグラウンドには、400mの陸上トラックがある大きなグラウンドと、少年サッカーコート1面程度のサブグラウンドがありました。両方とも、土のグラウンドでナイター設備もありません。

当然、私としては、陸上トラックのある大きなグラウンドを人工芝にしたいと考えていました。しかし当時の部活間の力関係では、大きなグラウンドを人工芝にしたところで、アメリカンフットボール部が優先的に使うことになるのは目に見えていました。

それは避けたかったので、一考を興じました。まずアメリカンフットボール部キャプテンのところへ行き、「サブグラウンドにナイター照明をつけてもらおう。そうしたら、夜でも優先的にアメリカンフットボール部が使っていいから。学校側には俺が話をつける」と言いました。そしてナイター照明が設置され、サブグラウンドは実質、アメリカンフットボール部の専用施設になりました。

それから2年間、大きいけれどもナイター照明が付いていない土のグラウンドでサッカー部はトレーニングを行いました。それから2年が経った、2005年。小さい方のグラウンドにナイター照明を設置した経緯を知る、アメリカンフットボール部の3、4年生が卒業しました。そこで満を持して学校側にお願いをし、大きなグラウンドに人工芝を敷き、夜間に十分な練習ができるほどの明るさを持った照明も設置してもらいました。サッカー部の専用グラウンドが誕生したのです。

目標を実現させるためには、粘りと駆け引きが重要です。2年かけて大学の執行役員、対象となる学生に話を持ちかけて説得し、納得させせて実現させたのです。

自分のファンを作る

入学時には、選手本人と保護者同席の元、入部説明会を開催し、サッカー部の行動規範や集団のルールを記載したハンドブックを配布しました。自由な時間がたくさんあるのが大学生です。サッカー部の活動を一生懸命やるのも良いことですが、授業を欠席していては本末転倒です。授業にきちんと出席するけれどサッカーの練習は休む、バイトをしてお金を貯めないと生活ができないと言って、授業と部活動を天秤にかけるなど、それ自体がおかしな話です。

サッカー部では集団としての行動規範を策定し、周囲の人に応援される選手であり続ける様に指導していました。私が選手に言っていたのは「自分のファンを作る」ということです。

これは現在、ロヴェスト神戸の選手にも言い続けていることです。考えてみてください。サッカーのプロ選手の給料は、誰から支払われているのでしょうか？　当然クラブから支払われているのですが、クラブが人件費として支払う分の費用は、どこから捻出しているのでしょうか。オーナー？　スポンサー？　考えつくものはあるでしょう。しかしながら、お金を出す立場の人に共通して言えるのは、そのチームや選手のファンになったから、応援したくなったから、金銭を拠出してくれているということです。好きでなければ応援はしません。お金も払いません。立場は何であれ、チームや選手を応援したい、ファンになったからこそ、サポートしたいという思いがあるのです。それはオーナー然り、ファン然り、試合を観に来るサポーター然りです。

この図式はプロ選手に限ったことではありません。小学生でも中学生でも、高校生、大学生でも同じです。ファンを自分で作れない様では、プロサッカー選手にはなれません。自分を応援してくれる人を増やすことができなければ、サッカー（スポーツ）を続けることは困難になります。

応援の形は、お金を頂くことだけではありません。アマチュア選手の場合、そのファンとなるべきはご両親や学校の先生、近所のおじさんなど、対象となる人は様々です。大学生になれば、バイト先の上司や仲間もその一人になるでしょう。「君がそういうのなら、バイトを休んでもいいよ」と、土日に試合へ行く許可をくれる。それも応援の一種です。掃除当番をサボらずに取り組んでいるから、先生は部活動に行く姿を応援してくれる訳です。日頃の態度や行動が人の心を動かします。

人の話をしっかり聞く、自分の意見や考えをきちんと伝えられる、仲間を大切にできる、時間を守る、与えられた仕事をきちんとこなす……。これら一つひとつが、ファンを増やす行動になるのです。

4年かけて1部リーグ昇格

姫路獨協大学で大学日本一を目指すのは、正直なところ現実的ではありませんでした。しかし関東圏、関西圏の歴史と伝統ある有名大学、強豪大学に挑むことは、とても魅力的な挑戦でした。

同時に、高校生の選択肢を一つでも増やすことは、有意義なことだと思っていました。皆が高校卒業と同時にJリーガーになれる訳ではありません。それと同様に、歴史と伝統ある有名大学、強豪大学に進学することも簡単ではないのです。

プロを目指して一生懸命トレーニングを重ねてきた選手が、Jリーグや強豪大学からスカウトされることなく、高校生活を終えようとした時に、きちんと指導してもらえる、やりがいがある大学チームが存在していることは、マイナスではないはず。高校生にとって、姫路獨協大学サッカー部が選択肢の一つに入るのであれば、これほど嬉しいことはありません。大学サッカー界に新しい風を吹き込むことは、目標のひとつでした。

2003年の春季リーグ終了後、関西学生サッカー選手権大会（兼総理大臣杯全日本大学サッカー選手権関西予選）がありました。

当時のレギュレーションでは、1部リーグ所属チームは全チームに、2部リーグは上位チームのみ、3部リーグに至っては春季リーグ総合優勝チーム（A～Dブロックの勝者によるトーナメント勝者）のわずか1チームに出場権が与えられていました。

スポーツ推薦入学を開始した2003年春季リーグで3部総合優勝を達成した我々は、史上初の関西学生サッカー選手権大会に出場し、1回戦で1部リーグ所属の関西大学と対戦しました。結果は0対5の敗戦でしたが、1部リーグのチームと対戦することで、その時の力を測ることができました。正直、もっと大差で負けると思っていたので、選手たちも自信になったと思います。この結果は想像以上でした。

その年の秋季リーグ戦でも勝ち進み、2部リーグ昇格を決めました。2004年からは2部リーグを戦い、2006年には2部優勝を果たしました。そして2007年、監督就任5年目にして、1部リーグで戦う権利を得たのです。

蹴鞠団を復活させる

大学生を教える難しさは多々あります。まず、集まってくる地域が多様なので、バックボーンが違います。大学自体、高校や中学と違って制約が少なく、自由な時間、空間があります。朝のホームルームもなければ、掃除の時間もありません。勉強をするのも部活動をするのも、授業を受けるのも、全て自分の意志で決めて行動をします。18歳を超えた成人、大人ですから、中高生と違いがあるのは当然とも言えます。

サッカー部では、サッカーを通して人として成長するため、禁煙、茶髪禁止などのルールを決めていました。個人に自由が与えられている以上、自由に対して責任が伴うのは当然のことです。

学内で授業態度が悪い学生がいると「サッカー部か？」と名指しされ、他の先生から注意されます。その人数が多くなると「サッカー部は何を指導しているのか」と部全体の責任が問われます。私が大学に赴任した最初の3年ほどは、自分の授業がない時間に教室を巡回していました。居眠りしている部員を見つけては首根っこを掴んで驚かせていました。サッカー部員が履修している授業の担当教員に「先生の授業の時に、後ろのドアからそっと入るかもしれません」と事前に連絡を入れた上での行動です。

勉強があまり好きではないけど、サッカーがしたくて大学に来ている学生もいます。彼らをコントロールするのも私の役目でした。選手という人種はサッカーが楽しいと感じ、興味が湧くと、前向きな気持ちでグラウンドに来てくれます。試合のハラハラドキドキ感と練習での納得感がリンクしてくれれば、サッカーをプレーしたいと思うようになるものです。

部員は多い時で、80人程いました。大所帯になってきたので、2軍チームを作ることにしました。大学サッカーの指導を始めたときから、いつかは実現したいと思っていたのが、私の出身大学、大阪体育大学サッカー部2軍チームの名前である『北摂蹴鞠団《ほくせつけまりだん》』から名前をもらい、2軍チームを作ることでした。

恩師の坂本監督に連絡を入れて「蹴鞠団という名前を頂いてもいいですか？」と聞いたところ、許可を頂けました。私としては些細ではあるものの、大阪体育大学サッカー部の歴史をつないでいけるのではと思い、名前を頂いたのです。

そして正式に姫路獨協大学サッカー部2軍チームの名称を『獨協《どっきょう》蹴鞠団』と名付けました。そのチームは学生サッカー連盟主催のIリーグへの登録は行わず、社会人リーグ戦に登録しました。大人と一緒にサッカーをすることで、交流の機会を与えるとともに、周りの大人から社会性や一般常識、礼節などを学ばせてもらえればありがたい。そんな思いでチームを編成しました。

疲れた時にスキルトレーニング

私が高校生や大学生を指導していた頃、よくやっていたのが「ダブル走」という取り組みです。このトレーニングはヴィッセル神戸U‐18監督時代に、フィジカルコーチが考案したもので、大学生の指導時にも実践していました。

グラウンドの半面あればできるトレーニングで、有酸素系パワーと無酸素系パワーの両方に働きかける、800m走の持久力トレーニングです。

具体的な方法としては、ハーフコートを一周回って、方向を変えてまた反対回り、ペナルティィエリアの角など諸々を回って、スタート地点に戻ります。すると800mほどの距離になるので、目標タイムを2分30秒に設定していました。休息は1分30秒程で、時間が来たらすぐに走り出します。一周における所要時間によって、周回の本数はグループごとに変えていましたが、当然、早く走るグループの方が本数も少なくなります。

インターバル1分30秒の間に、リフティングやパス練習を組み込んでいました。これには意味があって、「息が上がって疲れている時こそ、パスの精度が必要だ。元気な時にパス練習をしても、試合の疲れた時には通用しない」と選手たちに伝えていました。つまり走ることが目的ではなく、疲労した状態での技術練習をしたいために負荷をかけ、あえて疲れて欲しいという理屈です。まあ、物は言いようなのですが（笑）。結果的に、相当な距離を走っていたと思います。この練習の効果は明らかで、疲労時のプレーの精度はかなり高まりました。

選手は日頃、90分の試合時間で勝利を目指して戦わなければなりません。しかし、残り時間15分を切ってから体が動かなくなると、粘り強く戦えず、失点を重ねて負けてしまいます。ましてや同点の状況でネジを巻き直し、相手を上回る走力で圧倒できなければ、決勝点をもぎ取って勝利することはできません。これらのトレーニングは、選手にとっては辛いものでした。今でも選手に会うと、この話になるほどです。

素走りに関して、賛否あるのは理解しています。私としては、ただ走ることが目的ではなく、強くなるために走力が必要なので、走ることをトレーニングに組み込んだのです。

それがサッカーに必要な「早く、強く、連続してプレーすること」につながります。この年代には適度な厳しさや負荷も必要で、選手たちも十分に耐えられる心と体を持ち合わせている年代です。目標がはっきりしていれば頑張れます。人生で一回くらい、必死に走る経験も必要だと思います。

その成果は結果となって表れました。姫路獨協大学という、関西学生サッカーリーグの中でも学生数の少ない、小規模地方大学が1部リーグに昇格したのです。学生数も少なく、知名度も低く、遠征バスも寮も授業料免除も体育系学部もない。それでも3部、2部と連続優勝して、1部に昇格することができたのです。

選手たちがトレーニング理解を深め、やる気を持って挑めば、ここまでできることを証明してくれました。もちろん、単に走るだけで強くなるわけではありません。サッカーの様々な要素をトレーニングしていく中で、一部を形成するのが走り込みです。選手たちもその意味をよく理解していました。

800m、7~8本を、最速2分20秒台で走る選手もいました。2004年度入学の学生で、現在は姫路市の消防署に勤務しています。消防職員駅伝という大会で区間賞を取り、3位入賞したと連絡をくれました。「あの練習がベースになっています。人の命を預かる仕事なので必死に走っています」と言っていました。現在40歳になる年齢で、つい最近も電話で話をして、「今でも走っています。子どもがランニングクラブに入りました」と言っていました。蛙の子は蛙ですね。彼の名前は山本尚と言います。

初の全国大会に出場

２０１２年夏、関西学生サッカー選手権大会にて、６位（５・６位決定戦は実施せず）に入賞しました。この大会、１回戦は不戦勝、２回戦は神戸国際大学に４対１で勝利。３回戦は２対２からＰＫ戦の末、近畿大学（１部３位）に勝ち、ベスト４をかけて、母校の大阪体育大学と対戦しました。

姫路獨協大学サッカー部を指導した22年の中で、恩師である坂本監督と対戦する機会を何度か頂きましたが、この試合が粘りにおいても戦う気持ちにおいても、一番内容の良い試合ができたと思います。しかし結果は０対０。ＰＫ戦で敗退となり、５・６位決定戦に進みました。

５・６位決定戦に勝利すれば、初の全国大会（総理大臣杯全日本大学サッカー選手権大会）出場が決まります。相手は１部２位の同志社大学でした。２対２で迎えた、後半アディショナルタイム。コーナーキックから決勝点を奪い、そのまま逃げ切りました。このコーナーキックの時、私はＰＫ戦に突入することを考えて、キッカーの順番を考えていたため、得点シーンを観ていません。大事な試合の決勝点を見逃すとは情けない話です。隣にいたコーチが急に大喜びしたので、びっくりしたくらいです。

１部のチームを撃破できたのは、前年の１部リーグでの経験が生き、怯むことなく戦えたからだと思います。全国大会に進出しようと思えば、１部の上位チームを３回倒さなければなりません。簡単な道ではありませんでしたが、選手たちがよく頑張りました。

全国大会は大阪で行われ、青山学院大学と対戦しました。さすがに力の差と経験の差を感じました。本学の選手の中に、高校、大学時代ともに全国大会経験者はほとんどおらず、少し緊張していた様に感じました。足を滑らせて大事な場面で置き去りにされる、クリアミスが起こるなど、あってはならないことが散見されること自体、全国区のチームになれない要因だったと思います。初の全国大会は呆気なく終わってしまいました。

奈良育英から来た逸材

2013、14年頃、姫路獨協大学は関西学生サッカー2部リーグ、中位に位置していました。2011年以来、1部へ昇格できずにいたサッカー部に刺激を与えるという意味で、JFLチームでプレー経験のある卒業生を呼び戻し、1軍の指導を担当させたことがありました。しかし2014年のシーズン、残念ながら入れ替え戦で敗退し、3部へ降格することになってしまいました。

3部（正式名称、当時は2部Bリーグ。後に3部と改名）降格が決まった12月末に、2014年度入学の1年生数名が私のところに来て「昌子さんに再度Aチームを指導してほしい」と言ってきました。

彼らは「翌年2年生になって3部リーグを勝ち上がり、3年生になって2部リーグを勝ち上がらなければ、4年生の時に1部リーグを戦うことができません」と訴えてきました。

そんな簡単な話ではありませんが、数字の上では可能です。私は彼らに「言うてることは理解した。しかし君達の1、2年上の先輩は、どう足掻いても1部でプレーすることはできない状況や。その先輩たちが『俺らも一緒に頑張るわ』と言ってくれるのであれば、多分うまくいく。しかし君等だけで一生懸命やったところで、結果は出ない。君等のためだけにサッカー部がある訳ではないからな。そんな状態であったとしたら、一生懸命やればやるほど、先輩たちにしたら面白くはないだろう。だから先輩によく話をして『僕らの思いを叶えるために、一緒に戦ってほしい』と説き伏せ、チーム一丸となって練習しないとダメだ」と言いました。

私のところに来た1年生が、奈良育英高校から来た田村広大です。

彼が高校3年生の時、近畿高校サッカー選手権大会が兵庫県三木市で開催されました。奈良県代表として大会に参加していた時のことです。奈良育英の試合を視察に行くと、当時の監督、上間政彦先生が「田村！」「田村！」と名前を連呼していました。

試合後、すぐに上間先生のところへ行き「田村君、姫路獨協大学に来てほしいのですが」とお願いをしました。過去に奈良育英から選手が来たことはなかったのですが、上間先生にそう言うと「お前がそこまで言うなんて、珍しいな」と驚かれました。

私は田村君を勧誘しに来た、理由を伝えました。「上間先生があれだけ名前を呼ぶということは、相当信頼している選手なんですよね？　信頼できる選手の獲得は、チーム作りには必須項目です」と返すと、「わかった。田村に聞いとくわ」と言ってくれました。そして翌日に電話を頂き「田村をお前のところに行かすから」と言ってもらえました。後で聞いた話では、田村君は最初に声をかけてくれた大学に行くと決めていたそうです。

彼は私の指導者人生の中でも1、2を争うほど、人間性に優れた選手でした。その彼が中心となって同学年や先輩たちと話をして、同じ目標に向かう仲間を増やしていきました。退部する先輩も何人かいましたが、多くの選手は「自分たちの生き様として、また自分のサッカー史のためにも結果を残したい」と言って、チームはまとまりました。

その結果、翌2015年、3部優勝（2部Bブロック10チーム、2回戦総当たり：15勝2敗1分・得点73 失点15 勝点46　1位 自動昇格）。彼が3年生時の2016年、2部優勝(2部Aブロック10チーム、2回戦総当たり：11勝4敗3分・得点31 失点16勝点36　1位 自動昇格）と、目標としていたストレート昇格を決め、4年生になった2017年度は姫路獨協大学サッカー部として、3回目の1部リーグでの戦いになりました。

ちなみに卒業後に一般企業に勤めていた田村は、指導者への道が忘れられず、母校の奈良育英高校でコーチを開始し、現在は中学時代に所属していた京都宇治FCで専属コーチを務めています。指導者としても頑張っているようです。

女子サッカー部を立ち上げる

2010年4月入学の学生から、女子サッカー部のスポーツ推薦入学をスタートさせました。選手のスカウトを含めた準備をするため、前年の2009年度から、女子サッカー部監督になる指導者が必要です。
大学側は「女子サッカー部が軌道に乗ったら採用する」と言っていたのですが、私は「指導者がいるからこそ学生（選手）は集まるのです」と、頑として譲りませんでした。ここを間違えるとボタンのかけ間違えになるからです。
指導するチームがないのに指導者を雇わなければいけない状況に、大学側は難色を示しましたが、良い質の学生を集め、良いチームを作るためには、良い準備が不可欠です。そこで「男子のサポートをしてもらいながら、次年度に向けて、女子のスカウトに行ってもらいます」という大義名分で説得しました。そのために外部指導員というシステムを作り、河村優を採用しました
姫路獨協大学はスポーツに関してはあまり企画・運営の経験値がなく、このような人事、準備をしたことがありませんでしたが、私の言うことを信用してくれた執行部の先生方のお陰で、女子サッカー部は順調に強くなり、強化初年度の2010年から毎年のように関西リーグを代表し、インカレ（全日本大学女子サッカー選手権大会）

に出場できるようになり、大学はとても喜んでくれました。

女子選手が集まる基盤にあったのは、大学に設置された、子ども保健学科の存在でした。保育所や養護施設の教員資格が取得できる学科ということもあって人気があり、多くの選手がこの学科に入学してくれました。

女子サッカー部の最高成績は、2018年度の全日本大学女子サッカー選手権大会の第3位です。関西リーグで優勝した勢いそのままに、1回戦シードを経て、仙台大学、神奈川大学を倒し、早稲田大学との準決勝に進みました。

早稲田大学女子サッカー部は、インカレ優勝7回を誇る名門です。試合は前半28分に失点しましたが、60分に渡邊佳奈美が直接フリーキックを決めて同点としました。しかし74分にゴール前を崩され失点。1対2で敗戦し、決勝進出はなりませんでしたが、強化から9年目で全国3位になれたことは、素晴らしい成果だと思います。女子の強化に踏み切ったことに対する、喜びを感じました。

教え子が女子サッカー部の監督になる

2014年に河村の後の女子監督を引き継いだのが藤谷智則です。藤谷とは彼が幼稚園の頃に出会い、神戸FC、ヴィッセル神戸U－18と指導してきた選手で、Jユースカップで優勝したときのメンバーでもあります。彼はヴィッセルU－18の後、神戸学院大学に進学し、サッカー部でプレーしていました。4年生の時にキャプテンに就任し、「昌子さん、一度指導に来てくれませんか」と誘われて、春季キャンプに帯同したこともありました。お金を自分で払って指導をしたのは、後にも先にもこのときだけです。

藤谷は大学卒業後、ヴィッセル神戸のサッカースクールでコーチをしていたのですが、「そろそろ環境を変えて、この4年間の経験を次に生かすのはどうや？　姫路獨協大学で指導者やってみないか？」と声をかけたところ、熟考の末に来てくれました。２００８年のことでした。

最初は金相煥と入れ替わりで男子のコーチを担当していましたが、河村が退任した後の２０１４年からは、女子部の監督を務めました。関西学生女子リーグで良い成績を残したこともあり、ユニバーシアード日本代表女子サッカーチームのコーチとして、北京大会（２０１７年）、ナポリ大会（２０１９年）にスタッフとして入り、両大会とも世界2位を獲得しました。国際的な舞台に立って成績を残したことは、素直に賞賛します。代表クラスの選手を指導した経験も、素晴らしいものだと思います。

振り返ると、スタッフ体制も含めて、自分のイメージを具現化するための組織づくりができたのは、大学というカテゴリーの醍醐味でした。それがヴィッセルを退職した時に、ジェフに行くか獨協に行くか、最後の決め手になった部分でもありました。

女子サッカー部にしても、結果だけ見ると「3位になって凄いね」で終わるものなのでしょうが、そこに至るまでには大変な時間と労力がかかっています。大学側の執行役員は、スポーツ組織の企画、運営の経験がないため、「失敗したら、誰がどう責任を取るのか」というネガティブな話が先に出てきます。そこで丁寧に説明をし、説得するためのエビデンスを用意して、納得してもらいました。

その後、学内でコンセンサスをとって様々な部署に赴き、プレゼンを重ね、説明や説得を繰り返し、自らがグラウンドに立って指導をします。そして現場で起こる問題に対処をするといったように、たくさんの労力と時間が必要です。

組織を作り、結果を出すのは、とても難しいことです。ここでは、1年毎の契約でプロコーチをしていた経験が役に立ちました。「当たって砕けろ、後は成る様になる」精神で乗り切りました。

自己満足

姫路獨協大学に赴任した時に、思うことがありました。0円提示をされたヴィッセル神戸に対して「昌子を手放したのはもったいなかった」と思わせたいという気持ちです。とはいえ、姫路獨協大学が学生リーグ1部に昇格した程度では、Jクラブという大きな組織を相手に、そう思わせることは難しいだろうと考えていました。月日が経てば、当時のGMも上司もスタッフもいなくなります。移り変わりの早い世界なので、先方は何も思っていないでしょう。私一人がいなくなったところで、痛くも痒くもないのが実情です。

結局、自分の中のこだわりでしかないのですが「やった感」を得るには、同じJリーグの世界で活躍するか、日本サッカー協会（以下JFA）ナショナルコーチに就任するしかないのではという結論に至りました。

各県に在中するC、D級指導者資格養成講習会チューターも、日本サッカー協会から任命される、重要な役割ではあります。しかし、その役職よりももう少し大きな枠組みの中で、指導者の指導や強化選手の指導に携わる『ナショナルトレセンコーチ（現在のJFAコーチ）』と呼ばれる役職に就けないものかと考えていました。

とはいえ、どうすればナショナルトレセンコーチに就任することができるのか、具体的な方法は開示されていません。また、就任するための適正試験や選考試験の様なものもありません。

日本サッカー協会が実施しようとする、様々な方針の伝達や指導法の見本を示し、世代別代表候補選手の指導を行う役割なので、指導力がなければ務まりません。重責であるがため、日本サッカー協会技術委員会指導者養成部スタッフが見て、彼らに評価された指導者が就任するというのが現状でした。

ナショナルトレセンコーチへの挑戦

2005年に突然、当時のJFA指導者養成部チーフの山口隆文さんから電話があり、2006年2月スタートでナショナルトレセンコーチ就任のお話を頂きました。あくまで自己満足でしかありませんが、ヴィッセルに解雇された時の悔しさを持ち続けながら「ナショナルトレセンコーチに就任すること」を目標にコツコツと取り組んできたことが報われたのだと思い、とても嬉しかったです。

後になって考えると、なぜ私が選ばれたのか不思議です。山口さんが私の指導現場を観に来られたことはなく、ヒアリングや面接をされたこともありません。山口さんに直接聞いた訳ではありませんが、おそらく誰かが私の何かを評価して、伝えてくれたのではないかと推測しています。私の電話番号をどうやって知ったのかなど、驚くことばかりです。

嬉しさと共に、コツコツと努力を続けていれば、どこかで誰かが観ていてくれる。そう実感した出来事でした。今でも何事に対してもコツコツ取り組んでいます。特に何か、見て欲しい訳ではありませんが……。

ナショナルトレセンコーチは、2006年から2008年までの3年間務め、B級ライセンス指導者養成講習会・関西コースの講師としても携わりました。

当時のB級ライセンス指導者資格を得るには、全国で開催される10箇所の講習会のどれかに参加しなければなりませんでした。講習会としては、日本サッカー協会が開催する専門科目講習（7泊8日ほどの合宿を年2回）と、日本スポーツ協会が開催する共通科目講習（1週間程度の合宿を年2回）を受講しなければならず、結構なボリュームになっていました。

山陰地方、山陽地方、四国地方、九州地方から来た人や元Jリーガーもたくさんいて、各県・地域での選考方法は様々でしたが、受講生は受講資格を得るための審査に通過しなければなりません。

関西コースといっても関西在住の人ばかりが参加する訳ではなく、受講生それぞれが本業との兼ね合いで、参加可能な地域の講習を選択できる様になっていました。おおよそ関西コースは、関西2府4県から集まった受講生で構成されてはいましたが、遠くは青森県から参加していた人もいました。

息子が世話になる、米子北高校の中村真吾先生との出会いも講習会でした。中村先生が受講生として参加していて、話をしたのが源の運命を左右することになりました。そこで私たちは、同郷だということが判明しました。山口さんがナショナルトレセンコーチに抜擢してくれなければ、この出会いもなかったと思うと、不思議な縁を感じます。

ところが、ナショナルトレセンコーチの任期は、山口さんが指導者養成部長から外れたことで終わりました。滋賀県トレセンの指導を終え、神戸に帰る車中で電話が鳴り、後任者から「今日でトレセンコーチの仕事は終わりになります。ご苦労様」という電話一本で終了しました。味気ないものです。

随時連絡があった訳でもなく、私への評価もなく、3年間の勤務状況が良かったのか悪かったのか、何も分かりませんでした。在任期間中に報告書や感想文の提出など、要求されたこともありません。本当にこれで物事が積み上がって行くのだろうかと思い、日本サッカー協会の一面を垣間見た気がしました。

審査する側に求められる質

この話には続きがあります。数年後、B級ライセンス指導者講習会を各都道府県毎に開催する「B級コーチスタンダード計画」が実施されることになり、山口さんが再び指導者養成部に返り咲いたのです。

とは言え、山口さんは全47都道府県で初年度より一気にB級ライセンス指導者養成講習会を開催するのは難しいだろうと考えていたようです。そこでまず、開催可能な都道府県に打診がありました。

2006年のケースが思い出されたのか、「昌子、兵庫県で全国の模範になる様に、B級講習会を開催してくれないか？ お前がチューターになれるだろうし、姫路獨協大学のグラウンドや選手を使いながら、実施することはできないか？」と連絡を頂きました。

当時、兵庫県では全国に先駆けて、独自にライセンス講習会参加希望者選考試験として、指導実践テストを実施していました。私が兵庫県サッカー協会の技術委員長、そしてJFAナショナルトレセンスタッフとして、将来を見据え、全国の先駆けになるために実施していたものです。

B級コーチ資格の取得講習会が全国各地で開催され、年10コース開催だったものが、年に50コース前後も開催されることは、日本サッカーのレベルアップのために意味があると考え、B級スタンダード計画への賛同を県協会内で取り付け、全国に先駆けて実施したのでした。

A級、B級など、ライセンスの受講資格を得るための選考テストや、本講習会の中での最終テストを受けるにあたって、指導実践は避けて通れません。

その上で大切なのは、指導実践を評価することです。審査する側にきちんとした評価基準やエビデンス、理論武装がなければ、事業として成り立ちません。

重要なのは、評価する人の信頼性です。審査を受ける側に「なぜあの人に評価されなければならないのか」という疑問が生じてしまう程度の理論武装では納得いかないでしょう。

評価する側は、審査を受ける側が納得する様に言葉を選び、寄り添って行く必要があります。私が評価をする立場（チューター）になった時は、ナショナルコーチの経験とS級ライセンス保持者という背景が、納得感につ

ながった部分もあったかもしれませんが、大切なのは話し方と相槌です。ここでも、まず相手の考えを聞くことが重要なのです

S級ライセンスを取得

2007年度にS級ライセンス取得講習会に参加しました。2006年に地元兵庫県で国体があり、地元国体ということで県スポーツ協会からは各種目とも優勝を目指すことを掲げられ、日々強化を行なっていました。サッカー競技も優勝を目指して活動しており、2006年兵庫国体は少年男子の部がU－16化された、最初の大会でもありました。初めての経験だったので、皆が手探りで活動を行っていたと思います。

県サッカー協会技術委員会では、この地元国体を境に役員の勇退が既定路線でした。そして2007年度より、次の10年を見据えた新しい体制として、技術委員会の編成が期待されていました。幾度と会議を重ねた結果、私が新しい技術委員長に任命され、大役を仰せつかったのでした。技術委員長ともなれば、指導者養成の軸となり、選手育成の方針作りから実際の指導まで、見本を見せられる様になることが必要だと考えました。

そこでさらなるブラッシュアップのため、S級ライセンスを取得しようと思ったのです。プロチームの監督になる訳ではないですが、バックボーンを広げることができれば、また説得力のある話ができる様になれば、

S級ライセンス授与式。
プレゼンテンターがオシムさんでした

技術委員長として、多少なりとも役に立つのではないかと思ったのです。

とはいえ、S級講習会はおおよそ1年もかかる長期的な講習会です。大学の授業に支障をきたすのは目に見えていました。そこで大学内の学外研修システムを利用して、S級講習会を受講できないかと模索しました。

これは学外で学ぶ期間、担当教員に代わる非常勤講師を採用してもらえるシステムで、なおかつ学外研修期間中の俸給も補償してもらえるものでした。

非常にありがたい制度なのですが、一つ困ったことがあります。学外研修システムの申請とS級講習会の申請の許可が、同時に降りる保証はなかったのです。学外研修システムの許可が降りたものの、S級講習会の受講が許可されない可能性も十分にありました。その逆や両方アウトというケースも考えられます。

ところが運良く、両方の許可が降り、S級講習会に心配事もなく参加できる様になりました。ただし、何の心配もなかったというのは、受講がスタートするまでの期間のことで、本講習が始まると、毎日の様に苦労をしていました。

S級講習会では、90分間の指導実践が頻繁に行われました。監督としての実践、コーチとしての実践、ゴールキーパーコーチとしての実践など、3人1組で役割を共有しながら、トピックや役回りに応じて何度も実施しました。この講習会を通じて、話し方を学ぶことができました。プログラム自体が、話し方の講義に時間を割いていた訳ではありませんが、納得感を持って学び、大いに刺激を受けました。

いくら良い知識、経験を持っていても、目の前の選手にそれを伝えることができなければ、指導をしていないのと同じことです。指導の現場で必要なのは「言葉で表すこと」なのです。通訳の仕事のように、頭の中で考えたことを相手に合わせて、分かりやすい言葉に変換して発信する。まるで一人通訳をしている様なものです。そのようなことを学んだ、貴重な時間でした。

大学での実績

姫路獨協大学には22年間、38歳から60歳まで、お世話になりました。指導者生活で一番長く在籍した場所です。むしろ居過ぎたくらいかもしれません。

２０１７年の関西学生１部リーグに残留できなかったことで、指導現場から手を引き、若いスタッフに任せることにしました。その時のスタッフの年齢は私が姫路獨協大学に赴任した頃の年齢ぐらいでした。彼らが経験して来たことを指導現場で実践するには、ちょうど良い年齢です。

２０１８年はグラウンドに顔を出してはいましたが、２０２０年から２０２３年はコロナの影響もあり、意図的に指導の現場から離れていました。

大学での最後の肩書きは教授でした。最初は専任講師から始まり、２００５年に准教授に、２０１４年に教授に昇進しました。

教授になるためには論文を書いて、学部の審査を受ける必要があります。指導者養成の歴史、兵庫県サッカーの歴史、兵庫県サッカー指導者養成の歴史といった、サッカー関連の原著論文の他に、姫路市内の小中学生におけるスポーツ参加実態の変化を研究し、論文発表しました。全部で6、7本書いたでしょうか。

学会で発表するような立派なものではありませんでしたが、冊子として残してあります。最終的には論文のポイント（質と量）と、サッカー指導者S級ライセンスを取得したことが、教授になるために一役買ったようでした。

2023年、姫路獨協大学ゼミ生たちと

日本サッカー協会のライセンスは、現在ではアジアサッカー連盟に加盟する諸外国との互換性があります。アジア諸国でも通用する資格ということで、評価ポイントが高かった様です。大学という世界は、範囲が広がるとグレードも上がります。S級を取ったのは昇進が目的ではありませんでしたが、結果として良いタイミングで取得できました。

【姫路獨協大学での主な成績】

男子サッカー部　進路先（Jリーグ関係のみ）

２００６年卒業　原田崇史：市立尼崎高校出身・２００２年兵庫県国体選抜／ＦＣ岐阜
２００７年卒業　岩田大樹：ヴィッセル神戸Ｕ－18出身／ファジアーノ岡山
２００８年卒業　家木大輔：県立琴ヶ丘高校出身／カマタマーレ讃岐
２０１９年卒業　黒石貴哉：神戸国際高校出身／ＭＩＯびわこ～ヴァンラーレ八戸～水戸ホーリーホック～ＡＣ長野パルセイロ～愛媛ＦＣ
２０２２年卒業　石橋オビオラ：別所高校出身／ジョイフル本田つくばＦＣ～ブリオベッカ浦安～ジョイフル本田つくばＦＣ～東京23ＦＣ

成績

関西学生サッカーリーグ

2002年：3部

2003年：2部Bブロック6位

2004年：2部Aブロック2位（1部昇格決定戦敗戦）

2005年：2部Bブロック5位

2006年：2部Bブロック7位

2007年：2部Aブロック1位（1部リーグ自動昇格）

2008年：1部リーグ12位（4勝16敗2分 得点16 失点54 得失点差-38 勝点14）

2009年：2部Bブロック2位（入替戦：1部10位大阪産業大学0対1敗戦）

2010年：2部Bブロック1位（1部リーグ自動昇格）

2011年：1部リーグ11位（3勝15敗4分 得点25 失点56 得失点差-31 勝点13）

2012年：2部Bブロック2位（入替戦：1部10位大阪産業大学1対2敗戦）

2013年：2部Bリーグ3位

2014年：2部Aリーグ9位（2部Bリーグ自動降格）

2015年：2部Bリーグ1位（2部Aリーグ自動昇格）

2016年：2部Aリーグ1位（1部リーグ自動昇格）

2017年：1部12位（1勝19敗2分　12得点 73失点 得失点差-61 勝点5）

２０１８年：２部Ａリーグ９位
２０１９年：２部Ａリーグ11位（入替戦：龍谷大学０対１　２部Ｂリーグ降格）
２０２０年：２部Ｂリーグ１位（２部Ａリーグ自動昇格）
２０２１年：２部リーグ10位（２部Ｂリーグ自動降格）

※２０１３年以前は２部Ａ・Ｂブロックは並列扱い。
２０１４年以降は２部Ａブロックが２部、２部Ｂブロックが３部扱い。

関西学生選手権大会
２０１２年：第６位

総理大臣杯全日本大学サッカー選手権大会
２０１２年：１回戦　青山学院大学　０対１

女子サッカー部　進路先

２０１３年卒業　谷口きくみ：大商学園高校出身／湯郷ベル
北浦美帆：大商学園高校出身／湯郷ベル

2014年卒業
岡島絵里：大商学園高校出身／ハリマアルビオン
網代安奈：大商学園高校出身／ＳＷＨ　※フットサル日本代表選
2015年卒業
谷口由奈：上村学園高等部出身／ボルシアメンヘングラードバッハ（ドイツ）
佐藤比香理：大阪桐蔭高校出身／愛媛ＦＣ
吉田早紀：大阪桐蔭高校出身／スペランツァ高槻
2016年卒業
大野美和：大阪桐蔭高校出身／伊賀ＦＣくの一三重
間明理沙子：湘南学院高校出身／大和シルフィード
2017年卒業
辻　美穂：長崎鎮西高校出身／大和シルフィード
2018年卒業
山口千尋：上村学園高等部出身／愛媛ＦＣ～サンフレッチェ広島レジーナ（ＷＥリーグ）
～ジェフユナイテッド千葉（ＷＥリーグ）
渡邊佳奈美：作陽学園高校（旧作用高校）出身／スペランツァ高槻
上西可奈子：大阪桐蔭学園高校出身／スペランツァ高槻
多田彩華：日ノ本学園高校出身／ＦＣ今治
尾川奈穂：上村学園高等部出身／ＳＷＨ（フットサル日本代表候補）
2019年卒業
狭間美佳：鳳凰高校出身／スペランツァ高槻
小熊桃華：追手門学院高校出身／スペランツァ高槻
倉谷也海：常磐木学園高校出身／ヴィアマテラス宮崎
2020年卒業
上村彩華：日ノ本学園高校出身／愛媛ＦＣ
高田莉緒：三重高校出身／つくばＦＣレディース

２０２１年卒業　上田　桃：藤枝順心高校出身／ラブリッジ名古屋（朝日インテック・ラブリッジ名古屋）
２０２０年卒業　塚田亜希子：上村学園高等部出身／ヴィアマテラス宮崎
平野鈴空：鳴門渦潮高校出身／ヴィアティン三重

関西学生女子サッカーリーグ
２０１０年：春季リーグ２部１位（１部リーグ自動昇格）　秋季リーグ１部３位
２０１１年：春季リーグ１部５位　秋季リーグ１部３位
２０１２年：春季リーグ１部２位　秋季リーグ１部５位
２０１３年：春季リーグ１部５位　秋季リーグ１部３位
２０１４年：春季リーグ１部３位　秋季リーグ１部１位
２０１５年：春季リーグ１部１位　秋季リーグ１部２位
２０１６年：春季リーグ１部１位　秋季リーグ１部２位
２０１７年：春季リーグ１部１位　秋季リーグ１部２位
２０１８年：春季リーグ１部２位　秋季リーグ１部１位
２０１９年：春季リーグ１部２位　秋季リーグ１部３位
２０２０年：コロナ禍にて中止　秋季リーグ１部３位
２０２１年：春季リーグ１部４位　秋季リーグ１部４位

全日本大学女子サッカー選手権大会

2010年：関西第3代表出場　0勝3敗　予選リーグ敗退
2011年：関西第3代表出場　0勝3敗　予選リーグ敗退
2012年：関西予選敗退
2013年：関西第3代表出場　ベスト8
2014年：関西第1代表出場　2回戦敗退
2015年：関西第2代表出場　ベスト8
2016年：関西第2代表出場　2回戦敗退
2017年：関西第2代表出場　2回戦敗退
2018年：関西第1代表出場　第4位
2019年：関西第3代表出場　1回戦敗退
2020年：関西第3代表出場　1回戦敗退
2021年：関西第4代表出場　1回戦敗退

皇后杯全日本女子サッカー選手権大会

2012年：関西第1代表出場　1回戦敗退
2020年：関西第4代表出場　1回戦敗退

姫路獨協大学には22年間務め、退職金も頂きました。22年もの間、身銭を一切切らずに（固定資産税も電気代も払わず）ナイター照明、ゴール、人工芝グラウンドを自由に使い、必要なものは買ってもらえ、他の部活動との競合もありませんでした。試合や練習はしたいときにしたいだけできるのです。

22年間そんな生活をして、おまけに退職金までもらえるのですから、大学に感謝しかありません。

そんな大学を「辞める」と言ったとき、妻は「あんた、アホちゃう」と言いました。それはそうでしょう。恵まれた環境を手放すのですから。

2024年以降、大学には週1回、非常勤という形で『スポーツ指導法Ⅰ（前期）・Ⅱ（後期）』という授業を行っていますが、それは一コマいくらの世界で、アルバイトのようなものです。それ以外の仕事はロヴェストでやっているだけなので、他の収入はありません。私はロヴェストでは給料は発生していませんので、社長である妻がもらっている給料で生活しています。朝から晩まで一緒にいるので大変ですが、妻も同じことを思っているでしょう（笑）。

こぼれ話④

恵まれていた、大学の監督時代

年齢を重ねると「まあいいか」ではなく、「今やらないと」という思いが強くなってきます。自分の親が80代半ばで亡くなったことを考えると、私もあと20年ほどしか人生がありません。ひょっとしたら、もう少し短いかもしれません。

限られた時間の中でやりたいことがあります。それはアメリカンバイクに乗って旅をすることです。さすがに70歳になったらゆっくりしたいですが、時間ができたとしても、今度は体力的な問題が出てきます。バイクを起こせなくなったり、目も見えにくくなったり、反応も鈍くなります。そうなると、アメリカンバイクに乗るのは妻が許してくれないでしょう。だったら、今しか乗れないと思うのですが、再びサッカーの指導を始めたので時間がありません。バイクにいつ乗れる時が来るのでしょうか……。

せっかく整備したロヴェストのグラウンドも、体が元気なうちに使わないと意味がありません。スタッフ研修と称して、月に1度ボールを蹴ったりしますが、そういうことをするなら、早い方がいいと思っています。

5

ロヴェスト神戸

先代が雑草地を切り開き、グラウンドを造成

ロヴェスト神戸が誕生したのは2011年です。初代オーナーの産屋敷富夫さんが54歳のときに創部し、2025年で15年目になります。

現在のロヴェストは、道路を挟んで北側と南側にグラウンドが2面ありますが、その場所は元々、背丈以上の雑草や木々、竹が生え伸びた、いわゆる雑草地、竹林地でした。人が立ち入ることも困難なほどに草木が生い茂り、周囲には何もありませんでした。

初期の第1造成は道路の北側の雑木林を切り開き、25m×40mほどのグラウンドを1面作りました。それと同時に『ロヴェスト神戸フットボールクラブ』が創立。数年後、南側の土地を駐車場として造成した後、そこを第2グラウンドにするために再造成し、隣の竹林だった場所に、新たに駐車場を建設しました。

そのようにして徐々に土地を切り開き、クラブを発展させて来た先代代表ですが、65歳になり、体力的な限界や他事業のこともあり、ロヴェストをさらに発展させられる人材にクラブの保有権を譲渡し、運営を任せようと考えていた様でした。

しかし施設を含む譲渡には、それなりの費用が必要だったこともあり、簡単には引き継ぎ先が見つからなかったそうです。候補者何人かに打診されたようですが、その中の一人が私でした。

私と産屋敷さんとの出会いは、息子の源が神戸市選抜チームに選抜された、小学5年生の頃に遡ります。そのチームの担当コーチが産屋敷さんでした。

源が小学校6年生の2004年夏、神戸にボカ・ジュニアーズ（アルゼンチン）が来て、神戸市選抜6年生チームと対戦しました。

そこでは常に2対1の状況を作られ、ボールを奪いに行けばパスでかわされる、奪いに行かなければドリブルで仕掛けられるといったように、実力の差を見せつけられる姿がありました。私にとってカルチャーショックとも言える、衝撃的な体験でした。

この経験は産屋敷さんにも強く残ったようで、「ボールをしっかり持てる選手を育てなければいけない」という思いから、ロヴェストを立ち上げたそうです。

引き際はシンプルにスッキリと

ロヴェスト譲渡の打診をされた、2020年から21年頃、私は60歳を前に、これからの人生をどの様に生きていくかを考え始めていた頃でした。

当時の姫路獨協大学サッカー部のスタッフたちは、私が赴任した頃の年齢（40歳前後）に差し掛かっており、指導者として脂が乗った時期でした。彼らを見ていると、自分の色を出したいと思い始める頃ではないかと思い、それであるなら自分の色を存分に発揮できる環境を作ってやりたいと思う様になり、「監督の座を譲った方がいいのではないか」という気持ちが沸き上がってきました。

そしてロヴェストの譲受と監督交代のタイミングが少しずつオーバーラップし、ついには「いつ実行するべきか」という段階になりました。とはいえ、譲受するには費用が必要でした。そう簡単には決断できず、実現に向けた準備期間を設けることにしました。

当面は教員を続けつつもサッカー部指導の一線からは外れ、B級ライセンス関係の仕事や県技術委員長の仕事も徐々に整理することにしました。

2021年、姫路獨協大学に赴任し、指導を始めてから20年が経過していました。世間はコロナ禍、真最中でした。多くの人は自分が作り上げたものへの執着や歴史にしがみ付き、代替わりができずにいるケースが多いと思います。多くの組織でそのような姿を見て来た私は「しがみつくのはやめよう。引き際はシンプルにスッキリと」という思いを持っていました。

大学サッカー界に限らず、どこでもそうだと思いますが、同じところに長く居ることのメリットもあればデメリットもあります。正直、私自身は姫路獨協大学に長く居過ぎたかなという思いがありました。自分が良かれと思ってして来たことも、あくまで自分の基準でしかありません。ましてや自分が最年長として長く居ることで、周りが見えなくなったり、間違いに気づかなくなることもあります。

2022年1月1日にロヴェスト神戸を譲受し、大学を2024年3月31日、60歳（大学の定年は65歳）をもって早期退職したのは、良いタイミングだったと思います。

息子の将来も決断の一因に

自分の将来を考える一方、息子の源のことも頭にありました。彼はサッカー選手として活動していますが、現役中にビジネスを始める選手や、引退後にサッカークラブを経営する選手など、様々な人がいます。引退後を考える中で、将来的に自分のクラブを持つことも視野に入れてはどうかというのが、私の考えでした。

もともと少年時代は神戸でサッカーをしていましたし、産屋敷さんとは選抜チーム時代に面識もあります。神戸の子どもたちのためにも、ロヴェスト神戸がサッカー少年の人生の選択肢のひとつになるのであれば、存在する意義はあります。

そのような話をしたところ、今までのことや将来を視野に入れながら、ロヴェスト神戸の経営に一役買ってくれることになりました。

とはいえロヴェスト神戸は、源の名前を前面に押し出して活動している訳ではありません。これには理由があります。まずロヴェストのグラウンドは、ヴィッセル神戸の本拠地である『いぶきの森』の近くにあります。いわばヴィッセルのホームタウン下です。その様な場所で、他所のＪクラブに所属している選手の名前を出して活動することは、リスペクトに欠けると思ったからです。私もまがいなりにヴィッセル神戸の立ち上げに関わった人間なので、当然その配慮はあります。

私の息子が源であることは、周知の事実です。初蹴りでロヴェストのグラウンドに来たことや、神戸市サッカー協会主催の外国人交流サッカー大会のサポートを行っていることに関しては、問題ないと思っています。兵庫県レベルでは『昌子源杯』という名前で、高校の大会の支援もしています。これらの大会は利益を上げることが目的ではなく、社会貢献的な意味合いが強いものです。

源が神戸でサッカーをしていたのは小学生の時だけでしたが、神戸市選抜や兵庫選抜に選んでもらい、多くの指導者にお世話になりました。「少年時代、神戸の皆さんにお世話になった」という思いから、グラウンド代や景品代などをポケットマネーから支援してくれています。

私としては、そのような関わりを重要視しているので、ロヴェスト神戸として昌子源カラーを前面に出して選手募集をすることや「源が指導します」「源メソッド」などとは言わない方針です。

むしろ産屋敷さんがオーナーだった頃から在籍しているスタッフが、独自のメソッドを作り上げてくれているので「源メソッド」のような打ち出し方は必要ないと思っています。

私自身、ロヴェストに対してもサッカー協会に対しても「こうあるべき」とフレームを作り、嵌めていきたいとは思っていません。参画する人が意見を持ち寄り、好きなように取り組んでほしいのです。プレーをするにしても指導をするにしても、協会業務をするにしても、楽しくなければ続きません。言われたことだけをして、自分の意見が反映されない環境では、やりがいも感じられないでしょう。

その上で、選手たちが「ロヴェストでサッカーがしたい」と思えるハードを作り、ソフトを充実させ、魅力あるクラブに発展させていきたいと思っています。そのような思いから、ロヴェスト神戸の代表という、新たな指導者人生がスタートしました。

ジュニアサッカーの慣習に戸惑う

私は20年以上、大学サッカーの場にいたので、小中年代のクラブチームの慣習や実情については浦島太郎状態でした。

例えば、ロヴェストのとある世代の6年生は、ヴィッセル神戸U‐12と互角の試合ができるほど、上手な選手が揃った学年でした。その学年は14人ほどいたのですが、ジュニアユースに進んだのはたったの3人でした。スタッフに聞いたら「3人でも良い方です」と言うのです。

それを聞いて驚きました。ロヴェストはジュニアとジュニアユースを持っているクラブです。少なくとも全体の半分はジュニアユースに進んでほしいと思っていたので、私が引き継いでから改革を行いました。

ロヴェストを引き継いで2度目となる、6年生の進学対応のことでした。2023年のゴールデンウィーク前、1回目の面談を行いました。

そこで私の考えや思いを伝えた結果、19人中10人がU－13チームに残ってくれることになりました。残りの9人のうち、3人はセレッソ大阪に行ったのですが、Jクラブですから引き止めることは難しかったです。

他所のクラブに行った選手の中には、苦戦している選手もいるようです。Jクラブのコーチからは「ロヴェストの選手はボールを持てば上手いんだけど……」と言われました。そこがロヴェストの弱点なのかもしれません。自らがボールを奪い切る、自らボールを呼び込むといった積極的プレーを伸ばしていきたいところです。

大きな変化の一つが、入団時の進め方です。最初に説明会を開いて、私たちの考えを伝えるようにしました。これまではそういった機会もなく、ただスクールに来ている子に声をかけて集めていた様です。

2025年度のU－13チームへの入団者は、6年生チームから6人昇格し、他チームから11人が入ってきてくれることになっています。

その選考過程でも工夫をしました。セレクションありきではなく、まず合同練習会を開催することをホームページで告知し、募集しました。

1回目の練習会の後、参加者が多かったため、「希望者全員を受け入れると、指導できる適正範囲を超える可能性があるので、本意ではありませんが、選考会を実施させて頂きます」といった文言を添えて、2回目の練習会参加募集を案内しました。

2回目も40人ほどの参加者が集まり、最終的にやむなく選考会を実施することになりました。その際に重視したのは、他クラブと天秤にかけることなく、「ロヴェストでやりたい」という気持ちを持ってくれているかどうかです。結果的に16人の応募があり、申込書には「合格した場合の入団意思」を確認する欄を設けました。

私としては「ロヴェストでやりたい」と言ってくれる選手は、全員受け入れたい気持ちがあります。実際には合格後の辞退や、申込み後の辞退などがあり、最終的に14人になり、そこから12人に絞ることになりました。

合格者に対しては、通知と一緒に費用や年間行事の資料を送り、3者面談を行いました。これは合否を左右するものではなく、ロヴェストへの期待や要望を聞かせて頂き、私たちからもお願いしたいことを伝える場として設定しました。

他のチームでは受験番号を渡し、「ホームページに合否番号を掲載するので、各自確認してください」といった方式で合否を発表するチームもある様ですが、私は落選した子、一人ひとりに手紙を書くなど、丁寧な対応を心がけています。こういった細かな配慮が、将来的にプラスになると考えているからです。実際、落選した子の保護者から、感謝の言葉を頂いたこともあります。そのようなコミュニケーションをとることで、ロヴェストの支援者になってくださる方も増えてきました。

ロヴェスト神戸愛を育む

クラブにジュニアとジュニアユースがある意味とは何なのでしょうか?

私たちは何を目指しているのでしょうか?

単に上のカテゴリーで勝つために選手を残し、育てるのではなく、自分たちの哲学（考え方）でサッカー選手として、人間として（自分たちで）育て、育った選手とともに成長し、勝利することが目標です。勝利のためにチームに残すのではなく、育成のために残すのです。ここを履き違えてはいけません。

ロヴェストを卒業して、高校、大学、あるいはJクラブ、どこに行くかは分かりませんが、サッカー選手として育てていくために「ロヴェストでやりたい」「このクラブでなければいけない」と、自信を持って言えるようになることが大切なのではないか。そのような話をスタッフにしています。

その成果が少しずつ見えてきて、2024年度は面白い現象が起きました。この代の6年生は特徴的な学年で、3〜5年生の頃に他所のチームから移籍してきた選手が多く在籍していました。つまり、小さい時からロヴェストでサッカーを学んだ選手が少ない学年でした。

この学年に対して、ロヴェスト神戸U－13チームに進むかどうかの面談をすると「ロヴェストも魅力的だけど、他チームの様子も見てみたい」という声が多くあり、中には、最初から他チームのセレクションを受けることを考えていて「合格すればそこに行きたい」と言う選手など様々でした。

結果的に、その学年でジュニアユースに残ると言った6人全員が、小さい頃にロヴェストでサッカーを始めた子でした。その中で先発レギュラー格は3人だけで、残りの3人は体も小さく、現時点では力も十分ではありません。しかしそれは大きな問題ではないのです。大切なのはロヴェストの選手として、クラブへの愛着を持って成長しようとしてくれることなのですから。

この「ロヴェスト愛」というのは、特別なものではなく、当たり前のことだと思います。サッカーを始めたこの場所が好きで、コーチが好きで、友達が好きで、仲間とともに切磋琢磨し、助け合う精神を持つこと。それがロヴェスト愛につながっていきます。これを徹底して伝えていけば、いずれは彼らに続く、ロヴェスト愛を持った選手が現れてくれるはず。地道な取り組みですが、これを続けていくことで、ブラッシュアップされた、新しいロヴェスト神戸ができるのだと思います。それが外部にも伝わり、見られ方も変わっていきます。

ロヴェスト神戸ジュニアユースに入るなら（上がるなら）、ジュニアの頃からロヴェストに入っておいた方がいい。そう思ってもらえるようになる必要があります。そのためには、当たり前のことを着実に教えていくことが大切で、そこに勝利至上主義や保身的な考えは必要なく、本質的な育成、普遍的な育成を目指していきたいと思っています。

ただ、保護者の方にこのような考え方を説明しても、理解してもらうのは簡単ではありません。保護者からすると、クラブやチームの在り方などはある意味、他人事と捉えても仕方のないことだからです。保護者にとっては我が子の将来に何が必要であるのかということが一番大切で、そこにはクラブと保護者の価値観の違いはどうしても生じてしまうものだと思います。

私が常々思っているのは「スクールやクラブを、子育てのツールとして利用して欲しい」ということです。そのためには、まずは保護者の考えを聞かせて頂き、私たちとしても、ご家庭での教育方針に反することは避けたいと思っています。

その上で形式的な対応ではなく、ご両親の人柄やニュアンスを感じ取りながら指導を進めることができれば、お互い幸せになれるのではないか。信頼関係が築かれ、問題が起きた時に適切な対応ができるのではないか。そう考えています。

クラブの体制づくりに着手

ロヴェストを引き継いだ最初の3年間は、ハード面の整備と位置付けていました。それに並行して、わずかながら基礎的な体系作りを進めていきました。

例えば会計の方法、ボランティアコーチへの交通費の支給方法、遠征時の費用徴収基準など、これまで曖昧だった部分を明確にしました。

以前は給料制のスタッフへの土日謝礼も不安定で、オーナーの裁量で金額が変わることもあった様です。そこで私は就任3ヶ月の間にクラブ規約作りに取り組み、ボランティアコーチの待遇基準なども文章化して、契約書を作成しました。

このような基盤整備を終えて、ようやくサッカーの内容に注力できる段階に入ってきたのが、2022年4月でした。

スタッフには、長期的な視点を持つことの重要性を伝えています。現在は子どもの数が減少傾向にあり、周辺のクラブチームの状況も変化しています。新しいチームやスクールが次々に誕生し、子どもたちの選択肢は様々です。

そんな中でロヴェストとしては、一喜一憂せず、これまで積み上げてきたことを着実に続けていくことが大切だと伝えています。隣の芝生が青く見えても気にせず、ウサギとカメのように地道に進んでいけば、最終的には評価されるはずです。

勝ち負けではなく、「ロヴェスト神戸は良いな」「また行きたいな」「良い環境、良いスタッフだ」と思ってもらえるクラブを目指しています。

あまり表に出ず、若手に任せる

ロヴェストのジュニアユースには、先代オーナーの頃から指導者をしている、年長のスタッフがいます。彼をリーダー的な存在として、登録や対外的な窓口を担当してもらっています。私自身はあまり表に出ないようにしていて、懇親会なども参加を控えめにしています。

これには理由があって、自分はかつて上の立場の人に「お前に任せる」と言われながらも、最後に口や手を出されたことが何度もありました。それが嫌な思い出として残っているので、自分は同じ様なことはしないと決めています。

私自身、これまでの指導者人生で目立った成績を残したわけではありませんが、それなりに満足感はあります。いまさら、若くてやる気のあるコーチがいるのに、自分が前に出るのは違うと思うのです。それをしてしまうと、自分も若い指導者も、これまで積み上げてきた実績や努力が、台無しになりかねないとさえ思っています。

自分としては「なぜ、この人が今さら出てくるの?」という目で見られるのは避けたいです。もちろん、直接声をかけて頂いた時はそうではありませんが、自らしゃしゃり出るようなことはしないようにしています。

60という年齢が、私の考え方を大きく変えました。兵庫県サッカー協会の技術委員長を59歳で辞めましたが、戻りたいとは思いません。世の常で、名誉職に就きたい、管理職でいたいなど、上級の立場にいる自分が好きという人もいます。しかし私は今、役職や立場にまったく興味がありません。

JFAも世代交代が進み、田嶋幸三会長から宮本恒靖会長に変わり、トレセンコーチも若返っています。我々の年代のスタッフはほとんどいなくなりました。協会の技術スタッフも、私より若い世代が中心です。

私自身、以前は「改革しなければ」と意気込んでいた時期もありましたが、もうその年齢ではありません。兵庫県の技術委員長を辞するときに「昌子さんに辞められたら後任が大変だ」などと言われましたが、何のことはありません。次なるリーダーは必ず育つものですし、万が一リーダー不在の時期があっても事は動くのです。

クラブ名を引き継いだ理由

産屋敷さんからクラブを引き継ぐ時、ロヴェストという名前を残すかどうか、とても悩みました。その理由は、世の中には変えるべきものと、変えない方がいいものがあるからです。兵庫県サッカー協会の技術委員長時にも、同じような課題に直面しました。前任者までのシステムを維持すべきか、新しいことを始めるべきかを決断する必要が出て来たのです。

組織には、迷った時に立ち返る基準が必要です。基準がないと軸がぶれてしまうと考え、当時県技術委員会では『10年計画』という形で取り組む内容を設定し、良いところは踏襲することにしました。

ロヴェスト神戸には「産屋敷さんのチーム」「ドリブルスクール」というイメージがあります。そのため名前を変更した場合、「あのクラブは誰がやっているの?」「これまでと中身が違うんじゃないか」という話になりかねません。ゼロからのスタートになるのは、非常にもったいないと言えます。ゆえに名前を残し、エンブレムもロゴマークもユニフォームも、そのままにした方がいいと判断しました。

実際のトレーニング内容は、ドリブルという名称から「ボール操作」という名称に変更し、ボール保持者を助ける「オフの選手のサポートプレー」をプラスアルファして行きたいと考えています。「ロヴェスト=ドリブル」というイメージがあることで、「ドリブルもできる上にこんなプレーもできる」という評価につなげて行きたいと思っています。今は私なりの色を加え始めた過渡期です。従来のドリブルスクールの内容は踏襲しつつ、より実際の試合で生きる技術を身につけさせたい。そのためのトレーニングメソッドを組み込んで行こうとしています。

知恵と向上心を育てる

ロヴェストにはジュニアユースもありますが、その年代で大切にしているのは、知恵と向上心を育てることです。中学生は体が十分にでき上がっていない時期なので、連続したプレーは難しくても「その心」を植え付けておくことが重要だと思っています。高校に進学した時に要求されるレベルに、チャレンジする気持ちを備えておいた方が有利な訳です。そのようなマインドでサッカーと向き合うことができれば、元々持っているスキルと相まって、大きく伸びていくと思います。

なぜそう思うに至ったか。それは源を見て感じたことです。小学校時代は関西トレセンに選ばれて、それなりのレベルでプレーしていました。中学時代はそれほどサッカーに打ち込みませんでしたが、サッカーが嫌いにはなっていなかったので、米子北という厳しい環境でもへこたれず、前向きに取り組めたのだと思っています。

彼の中に、チャレンジするマインドがあったわけです。高校時代、走り込みが日常茶飯事という、厳しい環境で鍛えられたせいか、フランスでの足首の怪我以外、膝の靭帯やハムストリングの大きな怪我はありません。米子北での心と体の鍛錬が、後のプレースタイルにつながったのだと思います。

ロヴェストから、県トレセンへの選手輩出は数えるほどで、世代別代表クラスの輩出はありません。その原因には心当たりがあります。ロヴェストではコーンドリブルのトレーニングを多用しているのですが、ボールを保持した状態からのドリブルトレーニングが多く、相手からボールを奪う動作を含めたボール操作や、体勢の悪い状況から良い状態に戻し、ボール操作に入るプロセスが省略されてしまっていました。

そこで現在は、飛んできたボールをコントロールしてからドリブルを始めることや、ファーストタッチで最初のコーンに向かって行くプレーをプラスしたトレーニングなどを取り入れています。ほかにも、コーチがボールを奪いに来る状況や仲間からパスをもらってドリブルを始めるなど、アレンジを加えています。

コーンドリブルというと、ひとり1個ボールを持ち、順番に並んで始めるのが主流ですが、そのやり方ではボールもらう動きがないので、実際の試合との乖離が生じてしまいます。ボールがないときの動きやボールを奪うための動きなど、何か味付けをしないと、お飾りの技のようになってしまうのです。そこは指導者として、目を向けるべきポイントだと感じています。

中学生年代は、サッカー選手になるための大切な過程です。私としては、もちろん試合に勝つことや大会の結果も重視していますが、高校に行ってもサッカーをやりたいと思う心や役に立つ技、粘り強さ、連続プレーを身につけさせたいと思っています。そのような考えを発信することで、周囲に理解してもらい、クラブを評価して頂き「ロヴェストでサッカーがしたい」という気持ちで選んでもらえるクラブになりたいと思っています。

なぜロヴェストなのか？　選ばれる理由を作る

近年は講演会をする機会も増えてきました。最初の頃は講師に慣れていないために、淡々と話をしてしまい、聞いている人もおもしろくなかったと思います。しかし一人ひとりの目を見ながら語りかけるように話したり、舞台から降りて、聴衆にアプローチしながら話を始めると「おもしろかったよ」と言ってもらえるようになりま

した。講演回数を重ねた経験とプロサッカーチームやプロ選手への指導、老若男女あらゆるレベルへの指導といったものが、成長を促してくれたものと思います。

サッカー以外の組織、例えば大阪の人事院という公の人事を決めるところで、初の管理職に就く人たちを対象に講演したこともありました。銀行の部長クラスを対象に、組織をまとめる方法について話す機会もありました。

その中で大切だと感じたのが、企業やメーカーで言うところの「この商品をどの様に製造し、どう販路を広げて購買力を高め、大勢の消費者に理解してもらうか」に注力すると言うところです。

サッカーに例えると、数あるクラブの中で「なぜロヴェストでなければならないのか」「なぜロヴェストに入りたいと思うのか」「なぜロヴェストを宣伝したい気持ちになるのか」など、差別化や区別化を論理的に行うことです。黙ったままで努力を怠るのであれば、誰も選んではくれません。自然淘汰されていくのみです。

我々は保護者や子どもに選ばれる立場です。私は保護者に「ご家庭の教育に、ロヴェストを上手く使って下さい」と言うのですが、中には「うちの子は私の言うことを全然聞いてくれないんです。コーチの言うことしか聞かなくて」という方もいます。

その際、私は保護者に「1日2時間、週3、4回、土日がプラスアルファとしても、我々は1週間に20時間もお宅のお子さんと一緒に居ません。これだけの時間で何ができると思いますか?」とお話しします。

そして「もちろん、コーチにできることはします。必要なときは私もお手伝いします。でも全てにおいて、私たちに頼らないで下さい。コーチの言うことなら聞くからといって『コーチ、何とかしてください』と言うのはおかしいですよ」と、正直に伝えます。「うちの家ではここまで話したから、コーチからも援護射撃をお願いします」ならまだ分かります。そこは履き違えないでほしいと言っています。

数あるクラブの中でロヴェストを選んだ訳です。乱暴な言い方かもしれませんが我々の選手育成の方法論を、お金(会費)で買ったようなものです。

「買ったものにクレームを入れるのは変でしょう。なので、入る前によく見てくださいね」という話もします。優しく諭すように言いますが、理屈はそういうことです。だから「練習を見に来てください」と言うのです。日頃の練習や子どもたちの様子を見ることで、色々なことが分かります。

未入会の親御さんには「コーチの話し方やトレーニングの進め方が良いなと思ったら、クラブに入って下さい」と、自信を持って言います。それが決め手になることもあるし、ちょっと違うなと思ったら別のクラブを選んで頂ければいいのです。

今は消費者がサッカークラブを選ぶ時代です。だからクラブ、指導者、保護者が、上手く共存するべきだと思うのです。

こぼれ話⑤

環境整備の心

大学の退職金を使い、ロヴェスト神戸の環境整備を行いました。

・トイレの改修（手動型水洗トイレ化）
・LED照明設置（一部増設）
・グラウンド拡張、人工芝化
・駐車場拡張
・グラウンド周囲の日除（雨除）屋根設置（三箇所）
・事務所新設
・選手更衣室用コンテナ設置
・お知らせ掲示板設置
（ガラス戸・鍵付き、コルクボード、照明付き）
・ゴール裏防球ネット嵩上げ、増設
・大人用1対、少年用1対、フットサル用2対、
計4対の新規サッカーゴール導入

ロヴェスト神戸を譲受し、最初の3年で環境整備に着手しました。

しかしこの環境もいつまでもあるわけではありません。ここを毎日の様に使うロヴェストの選手と指導者は、後片付けや掃除など、環境整備をしてほしいと思います。皆で施設を大事に使うのは、当たり前のこと。その心を育むのも、指導者の大切な仕事です。

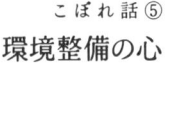

昌子源

6

名前の由来は「力の源（ちからのみなもと）」

１９９２年12月11日。Ｊリーグが誕生する半年ほど前に、長男が生まれました。名前を「源」と付けました。私の名前が「力」なので「力の源」という意味を込めました。親は子どもが生まれると、子どものために頑張ろうと思うもの。親にとってエネルギーの源は子どもです。たまたま私の名前が力だったので、語呂合わせのようになりました。

妻が姓名判断をしてもらったところ「苗字に対して、十三画がいい」と言われたそうです。それもあって「源」は十三画でしたので名付けました。

面白いことに、源が結婚してから犬を飼ったのですが、その犬の名前が「弁慶」なのです。「なぜ弁慶って付けたんや？」と聞いたら「弁慶は源義経を守った。源（みなもと）を守る犬だから弁慶にした」と。なかなか面白い名前の付け方です。私が源の由来を話したことがあったので、それと同じ考えだと言っていました。

妻はソフトボール選手でした。高校、大学とプレーした後、日本リー

源・1歳6ケ月の頃

グ1部を目指して創部されたミキハウス女子ソフトボール部（２００４年廃部）に所属し、24歳まで現役を続けました。４番ファーストを務め、パワーヒッターとして知られていました。

彼女が大学3年生時に行われた、全日本総合女子ソフトボール選手権大会では、当時の日本リーグチャンピオンであるユニチカ垂井に勝ち、学生チームながら3位に入賞したことがありました。偶然その試合を観戦したのですが、高めのボール球をセンターオーバーの3塁打にする打撃に、驚いたことを覚えています。まるで漫画『ドカベン』の岩鬼選手の悪球撃ち打法の様でした。

引退後は大阪府の高校の常勤講師を2年務めた後、神戸に越して来て結婚しました。結婚後は私が指導を行なっていた神戸ＦＣが保有する、レディースチームのゴールキーパーとしてLリーグに出場しました。

創設されたばかりのLリーグへの参入が決まっていた『神戸ＦＣレディース』は、ゴールキーパーの人員が不足していました。そこで競技は違えど、ソフトボールでファーストを守り、ボールをキャッチすることに抵抗がなかった妻に白羽の矢が立ったのです。二つの違う競技で、それも日本リーグレベルでのプレー経験を持つ女性アスリートは、全国見渡してもそう居ないのではないでしょうか。

サッカー経験1年未満にもかかわらず、私が一度もプレーしたことのない、国立競技場や西が丘サッカー場でプレーをするのですから、何とも悔しい気持ちになりました（笑）。

Lリーガーとして2年プレーした後、私が指導をしていた神戸ＦＣの少年選手のお母さん方で編成する『神戸ＦＣマミーズ』に入り、現在も

日本代表が宿泊するホテルにて家族写真

現役選手としてプレーしています。

実はママさんサッカーの他に、ママさんバレーも8年ほどプレーしていました。そのせいか、今では左膝が内側に曲がっており痛々しい姿です。膝軟骨と半月板のすり減りによる変形性膝関節症だそうです。老齢介護で、私が妻をおぶる姿を想像すると怖いです。

ちなみに2025年からは、ロヴェスト神戸ジュニアU－7（小学校1年生）チームの監督に就任し、6年間指導をすると意気込んでいます。

長女は姫路獨協大学サッカー部の主務

源には二歳上の姉がいます。名前は楓（かえで）と言います。3月生まれなのですが、秋を連想させる楓という名前を付けました。季節ごとに綺麗に色を変えていくカエデの葉の様に、新緑の季節には緑色の葉を出し、秋になると綺麗に色付き、冬にはリセットして、春になると新たに色付いていく……。そんな色鮮やかな人生を送ってほしいという願いを込めました。ちなみに楓も13画です。

私は姫路獨協大学へ赴任した当初、バイク通勤をしていました。渋滞に巻き込まれて授業に遅れる訳にはいかないからです。その後、2009年に高校を卒業した娘が姫路獨協大学へ入学したことを機に、家を借りて二人で生活することにしました。

娘は姫路獨協大サッカー部の主務を務めてくれた

娘はとても嫌がっていましたが、サッカー部の主務を務めてくれる様になると、通学への負担が減るので了承してくれました。

なぜ娘が主務を始めたのか、理由をはっきりと聞いたことはありません。ただサッカーに関しては好きだった様に思います。

小学生の頃、私に「サッカーをしたい」と言いに来たことがありました。その時、私にダメだと言われたらしく、今でも少し怒っています（笑）。私はなぜダメと言ったのか覚えていません。おそらく怪我しない様に、安全面を考慮してそう言ったのではないかと思います。

娘がサッカー部に在籍し、常にグラウンドにいることは難しさもあり、楽しさもありました。主務ですが部員の一人なので、他の選手と同じ様に公平に扱わなければいけないと思って行動していました。そこを間違えると、チームに不協和音が聞こえて来ます。ものの言い方や接し方、主務に与える仕事内容と量などには、気を使いました。ただ遠慮していては意味がないので、時には厳しく、時には優しく接していました。

4年ほど二人で暮らしたのですが、他の女子学生に「学生時代、お父さんと二人暮らしをするとしたらどう?」と聞くと、ほぼ全員が「嫌だ。絶対しない」と言っていました。そう思うと、娘にとっては苦痛の4年間だったのかもしれません。

とはいえ、多くを語り合った訳ではないのですが、長い人生の中において、もの凄く貴重な時間だったと思います。

娘は中学、高校時代にバレーボール部に所属していました。源のサッカーに関してもそうなのですが、二人の試合はもちろん、学校行事を観に行った記憶が私にはほとんどありません。午前中に少しだけ子どもたちの行事を観て、自チームの試合に行ったことは何回かあったとは思いますが、詳細の記憶が乏しいのです。我が子に申し訳ないことをしたという思い以上に、現在の私は寂しい思いをしています。

60歳を超えて孫も生まれ、サッカーの現場で小さい子を見ると、「楓と源が小さい頃はどんな感じだったかな?」と思い返そうとしますが、断片的にしか蘇らないのです。子どもたちが小さい頃は、仕事で結果を出すこととサッカー指導者として成長したいという思いが先行していました。振り返ると「子どもたちを犠牲にしていたのではないか」という思いはついて回ります。取り戻せない過去に、思いを馳せる日々です。

家遊びでキーパーごっこ

源は幼稚園の頃から小学校低学年まで、妻のママさんサッカーについて行き、ボールに触れていました。ちなみにママさんサッカーのリーグを作ったのは、神戸FCから滝川第二高校サッカー部の監督になられた黒田和生先生です。少年サッカーへの理解を深めるため、サッカー経験のない保護者にサッカーの難しさや大変さを知ってもらおうと勧めていたのです。

源は母親のサッカーを見て育ったようなものです。母親のサッカーについていくと、同じ様な年齢の子がたくさんいたので、ボールを蹴ったり鬼ごっこをしたりと、グラウンドの周辺を走り回っていた様です。お友達と一緒に遊ぶのが、楽しかったのでしょう。源自身は、サッカーを特別やりたがっていた訳ではありませんが、母親の試合について行くのが日常の一部になっていました。

源が小学校1、2年生の頃、我が家ではキーパーごっこが流行っており、布団の上でキーパーのセービングをするのがお気に入りでした。私がスポンジボールを左右に蹴り分け、源が飛んでキャッチするのです。おそらくサッカー云々よりも、布団の上にダイブするのが気持ち良かったのだと思います。

源がキーパーを楽しんだ後、「今度は父さんがキーパーをするから、源が蹴ってごらん」と言うと、左右を狙って蹴っていました。とくに蹴り方を教えたわけではありませんでしたが、キックモーションが様になっていたのです。「子どもやのに、ちゃんとしたフォームで蹴れるんや」と驚いたのを覚えています。

もう一つの家遊びが、スポンジボールのバスケットです。私と妻と源とでボールをリフティングしながらつないで行き、最後はゴミ箱に入れるというものです。

小さい頃はボールに興味を示さない子や、蹴ろうと思わない子もいます。親がサッカーをやらせようと思っても、全然興味を持たない子もいます。

しかし、スポーツであろうがなかろうが、例えばショッピングや勉強でも、一緒にすることの楽しさやその瞬間を楽しいものにすれば（たとえ演出だったとしても）子どもは興味を示し、自ずとやる様になります。

私の後輩で「この子にはサッカーをさせたい」と言って、赤ちゃんの頃に仰向けで寝ている足の間にボールを入れて、足を持って動かしている人がいました。

「小さいうちから、こうやってボール感覚を養います」と言っていたのですが、私は「やめておけ、何の意味もない。だんだんサッカーが嫌になるぞ」と忠告したことがあります。私が知る限りでは、その子は大きくなり、他のスポーツに興味を示して頑張っている様です。

フレスカ神戸に入る

源がサッカークラブに入ったのは、神戸ＦＣ時代の先輩・天野泰男さんがきっかけでした。天野さんは神戸ＦＣを辞め、フレスカ神戸の指導者になっていました。そして、私の家の近所でフレスカがスクールを展開しており、天野さんが指導に来ていたのです。

ある日、天野さんから「昌ちゃんの子ども、サッカーしない？一回スクールに来てよ」と誘われたのがきっかけでした。

私自身は体験練習会には行けませんでしたが、妻が源を連れて行ってくれました。妻も私と同じ大阪体育大学の出身でしたから、天野さんのことをよく知っていました。

結果、家の近所で活動していたフレスカ神戸に入りました。上級生の人数が少なかったので、4年生でしたが6年生チームに入れてもらってプレーしていました。

その様な環境のお陰か、上級生に負けない気持ちが芽生え、負けん気が強く、簡単に諦めない心が育ち、身体能力の高い上級生に食らいつくために、身体操作力が向上していったのだと思います。

兵庫県トレセン（小6）埼玉国際少年サッカー大会にて

そこから神戸市選抜、兵庫県選抜にも選ばれるようになりました。私は協会の技術委員でしたが、この頃はトレセンスタッフに入っていませんでした。私が現場に顔を出すとあらぬ噂が立つので、選考等は完全にノータッチでした。
6年生の時には、関西トレセンの二府四県対抗戦の県選抜メンバーに抜擢され、最終的には関西選抜にも選ばれました。その時の兵庫県選抜には江坂任（ファジアーノ岡山）、小川慶治朗（横浜FC）、原口拓人（2021年現役引退）、和田篤紀（グルージャ盛岡）らがおり、関西選抜には宇佐美貴史（ガンバ大阪）、大森晃太郎（前・ジュビロ磐田）、杉本健勇（RB大宮アルディージャ）、宮吉拓実（レノファ山口）らがいました。その後皆、J

リーガーに成長しています。

フレスカ神戸U‐12は、チームとしての戦績が良い訳ではありませんでしたが、源は関西選抜に選ばれました。町の少年チームには、さほど強い訳ではないけれど、図抜けた能力を持っている子が時折います。その子がお山の大将的にプレーできる環境がある場合、将来有望な選手に成長していく傾向があるように思います。

ただし、ここが重要なのですが、指導者がその選手に対して「お山の大将的に、積極的にプレーをさせているか？」という点です。上手な選手に対しては「俺が育てた」と言いたいために、指導者があれこれ手を加えることが多い様に思います。選手がワクワク乗ってくる様な言葉がけをして、積極性が増すのであれば良いのですが、大概の場合は矯正してしまっているのです。

もちろん上手な選手の中に入り、影響を受けながら切磋琢磨して、自然に上達する子もいます。また、周りの様子を見ながら「この場面なら俺が守備（攻撃）に行った方が良い」などシチュエーションを加味して、その状況に合う判断ができる感覚を持つ子もいます。

フレスカでの源は、4年生の頃は前者、6年生の頃は後者のような感じで「自分がやらねば」という気持ちがあったように見受けられました。当時、フレスカ神戸U‐12で源を指導してくれたのは、松田健コーチ（現・エベイユフットボールクラブ）でした。

彼はトレーニングを進めていく中で、何かを矯正するような指示はほぼなかったと思います。そして、子どもの中に入ってミニゲームをしている時は、適度に子どもより上手く、適度に子どもの方が上手くなる様に「抜かれてやることができる」指導者で、その匙加減がとても上手でした。

練習中にそのような環境や状況を作り出すことが、自由な発想、競争の原理、勝利への渇望、怯まない気持ちといった、サッカー（スポーツ）に必要な要素を育んで行くのだと思います。

結局、あれこれと口先で指導を行うのではなく、環境を作り出すことが大切なのかもしれません。源は小学生時代にそのようにして、サッカーの楽しさを知っていきました。

ちなみに私は松田コーチのことを以前から知っており、自分の指導がオフの日とフレスカの練習日が合う時に、源の様子を観に行くことがありました。

彼は私が観ていることに対して「昌子さんが来るのは嫌でした。緊張するので」と言っていました。私は「たまの休みの日やのに、なんでコーチを見に行かなあかんの?俺は子どもたちを見たいねん。コーチを見たくて行った訳やないよ」と言うのですが（笑）。

ガンバ大阪のジュニアユースに入る

源がガンバ大阪のジュニアユースに入ることになったきっかけは、関西電力カップの兵庫選抜に選ばれた際、ガンバのスカウトである二宮博さんが、声をかけてくれたことでした。

二宮さんが源に「ガンバに入団するのはどうかな?」と聞いた途端、源はテンションマックスだった様です。私や妻が「そうは言っても、セレクションに落ちる可能性はあるよ」と言っても、耳に入っていない様でした。

当時、私はヴィッセルを解任されて、姫路獨協大学に勤務していました。源がガンバに行くかどうか返事をしていない頃、「昌子さんはなぜ、息子をヴィッセルに入れないの?」と言う人もいましたが、それは子どもが選ぶことだと思っていました。

その頃、タイミングがあまりにも良すぎて「ヴィッセルをクビになったから、腹いせにガンバに入れたのではないか」などの声が耳に入って来ました。

事実としてはそもそもヴィッセルから声はかかっていませんでした。そして源自身も、ヴィッセルのセレクションを受けたいとは言いませんでした。

小6の秋だったでしょうか。セレクションではなく、個別にガンバ大阪U－13の練習に参加させて頂いたことがありました。その時は他にも2、3人来ていた様でしたが、二宮さんが「源くんを選びたい」と言ってくれたので、本人と話をして、最終的にガンバにお世話になることを決断しました。

妻の実家が大阪の門真市にあり、練習場がある吹田までは乗り継ぎなしのモノレール一本で行くことができます。神戸から行くよりは効率が良いので、妻の実家で預かってもらい、門真の中学校に通いながらガンバでサッカーをすることにしました。

とはいえ、家からモノレールの駅までは自転車で20分程あり、毎日通うにしては遠いです。また、モノレールの駅から練習場までも距離があり、それ用に自転車を置いていたのですが何回か盗難にあい、本当に大変でした。加えて、チームのメンバーはサッカーの上手な大阪の威勢の良い子ばかり。体も小さく、井の中の蛙状態の息子では、太刀打ちできなかったと思います。

後で聞いた話ですが、源はちょっとしたいじめに遭っていたようでした。練習が終わったら「お前のお金でジュース買ってこい」と言われたり、試合日の待ち合わせ時間や場所を仲間に聞くと、嘘の時間や場所を教えられ、行ってみたら誰もおらず、すでに試合が始まっていたこともあったそうです。

監督も「なんで遅れたんや」と源に尋ねることはなく、一方的に「遅刻したから試合には出さない」と言われた様です。おそらく私に言っていないだけで、もっと色々なことがあったと思います。

ガンバのスタッフに尋ねたことはありませんが、良い悪いは別として、こういった出来事をクラブ案件にするか、自己対処案件にするか。それがクラブの体質を作る、基盤になるものだと思います。昨今起こっている、大企業のコンプライアンス問題も同じで、一つの些細な出来事を見逃すことが、後に大きな問題になっていくのです。

大切なのは個人の質です。個人が自分の意思を持って、善悪を区別し、自分を律してはっきりと主張すれば、起こり得ない出来事はたくさんあります。

この時、源は怖かったのかもしれません。しかし、勇気を出して自分の気持ちを伝えるべきで、そんな源を助けてくれる仲間を作っておくべきでした。

このような出来事があった後、徐々に源はガンバの練習に行く気をなくしていきました。また中学2年生に進級する頃に、祖父が病気になってしまい、祖母一人では源の面倒を見きれないということもあり、門真での生活は1年で見切りをつけて、神戸に戻ることにしました。

直線距離で言えば、自宅からガンバの練習場までは比較的近いのですが、公共の乗り物だと大回りをすることになり、時間がかかります。そこで妻が伊丹空港近くのモノレールの駅まで車で送り、そこから練習場に行くような生活に変えていきました。

源の様子がおかしい

妻が頑張って送迎をし、応援していたある日のこと。「源の様子がおかしい」と言うのです。人工芝で練習しているはずなのに、ユニフォームが砂で汚れていたり、不自然な濡れ方をしていたり……。どうやら源は練習に行ったフリをして、別の場所で時間を潰していたようです。

そのことに気がつき「練習どうや？　楽しくやってるか？」と聞いたら「もう行きたくない」と言いました。

そこで私は「それやったら、無理に練習せんでもええやん」と言いました。

もちろん、サッカーを続けてくれたら嬉しいですし、ゴールを決める姿や、友達と楽しく笑っている姿を見たいです。しかし、嫌々サッカーをするのであれば、やらない方が良いと思っていました。

私たちは源にプロになって欲しいと思ったこともなければ、そのためにあれこれ手をかけたこともありません。プレーヤーをするのも良し、審判をやるのも良し、サポーターになるのも良し、多種目のスポーツ趣味を持つのも良し。何をやっていようが、元気な顔が見られればいい。ただそう思っていました。

そんな状態だったので、ガンバ大阪ジュニアユースに名前は残していましたが、中学3年生の5月3日をもって退団することにしました。私はスタッフに挨拶だけはしておかなければと思い、アポを取ってクラブハウスに行きました。

ガンバの練習に行かなくなってから、源は地元の中学校の同級生が通っている近所のサッカークラブに、ごくまれに行かせてもらっていましたが、基本的には何もしていませんでした。

元気盛りの中3男子が時間を持て余していると、友達と群れて遊び回ります。夏のある夜中、トイレに行きたくなり起きたら、源が部屋におらず、探したことがありました。

外に出て周囲の様子を見ながら、しばらくの間待っていると、夜ということもあったのか、あるいは何かを隠しているのか、妙に静かに帰ってきました。

帰ってきた息子に「どこ行っとったんや」と聞くと、何も言わず黙ったままでした。その姿にしびれを切らし、「お前、ええ加減にせえよ!」と大きな声で怒鳴りつけました。

夜中の屋外でしたから、近所迷惑になると思い「家に上がれ」と言ったのですが、源は拒みます。私は当時、まだ若くて力もあったので、源の胸元を掴み、片手で持ち上げて家に入れました。家に入るや否や、私は源を殴り、説教しました。すると妻と娘が起きて来て、私の腕を掴み「やめてやめて」と泣きながら止めるのでした。

まるでホームドラマのワンシーンの様でした。

そんなことがあったとはいえ、源はサッカーを再開させる訳でもなく、今まで通り、学校から帰れば、近所の友達と遊び回っていました。

思春期特有の感情なのか「俺なんて、何をやってもダメなんや」「自分が嫌いだ」などの言葉を口にすることもありました。

年末が近づくと、進学のことも考えなければなりません。そんなある日、源に「高校はどうするつもりなんや?」と聞くと「大工にでもなるかな」と言い出しました。いつも群れている仲間の親に、土木関係の仕事をしている人がいた様です。「○○君のお父さんが、俺を雇ってくれるねん」と言うのです。

そこで私が「大工に〝でも〟とは何だ! 大工さんがどれだけ大変な仕事なのか、分かっているのか!」とその言い草に怒り、説教をしました。

私は決して、大工になることに反対した訳ではありません。大工という仕事を軽んじた発言に怒ったのです。それと同時に「こんな気持ちでいる間は、何をやってもうまくいかない。考えを改めさせないと……」と思いました。

しかし、理屈を並べて理詰めで話した所で、埒が明きません。思春期の時には親も本当の姿を見せて、一緒に泣き、悔しがり、感情を露わにすることが必要ではないかと思い、私自身も感情を出しながら向かって行きました。ただし、怒りを露わにしつつもそこは親です。殴るにしても急所を外し、怒るにしてもシンプルに、ムチの後にはアメをと、冷静さを失わずに対処したつもりです。

指導の現場でもそうですが、我が子や選手に対して叱ることは多々あります。

その理由は、サッカーのことよりも、サッカー以外のことにあります。例えば人に対するホスピタリティがない場面（独りよがりな言動、身体的な誹謗や中傷など）を見かけた時などです。その際は感情をコントロールして、叱るという行為を演じるように、言葉を発する様にしていました。

仲間をかばって大喧嘩

私は、バレーボールをしていた娘にも、サッカーをしていた息子にも「勉強しろよ」「あれはどうなっているの」「ちゃんとやってるのか」「こうしなさい」などの強制（矯正）する言葉を使ったことはありません。それだけは言わないようにしていました。ちなみに門限もありませんでした。自由に対しては責任があるので「自分の蒔いた種は自分で刈り取らなければならない」を実践させようと思っていたのです。

自由がある分、責任との間に事故が起きることがあります。ですから色々な意味で、親は覚悟をしなければいけない場面がたくさんあると思っていました。

源が中学3年生の時、近所の子と取っ組み合いの喧嘩をし、相手の親が苦情を言ってきたことがありました。相手の子は不登校気味で、自宅のベランダで煙草を吸っているという話も聞こえて来る様な状況でした。

その子が源と仲の良い同級生をいじめたか何かで、いじめられた子が源に相談に来たそうです。源は「俺が何とかする」と言って、公園にいじめた子を呼び出して注意したところから喧嘩になり、大問題になりました。

喧嘩が起きた翌日の夜、娘が泣きながら「○○君のお母さんが家に来て『親を出せ』と怒っている」と電話をしてきたのです。

相手の親が家に来た時、私と妻は全国レディースサッカー大会のため、静岡県の清水市に行っていました。翌日が大会の初日であるにも関わらず、妻は「わかった、明日帰る」と言って、試合に出ずに私と一緒に帰りました。私もコーチとしてチームを指導していたので、申し訳なく思いながらもアジュール兵庫チームから抜けざるを得ませんでした。

帰ってすぐ、源を連れて妻と一緒に、謝罪の意を伝えに行きました。源が何をしたのか。真相は分かりません。そんな中、先方の母親が被害者的に状況を説明するので、私たちは否定もせず、相手の話をひたすら聞いて謝るだけでした。

私は源に「お前は後ろにいて、父さんの姿を見ておけ」とだけ言って、相手から経緯や事情を一切聞かず、ただ「すみません」と頭を下げました。

これを一週間、続けたでしょうか。相手のお母さんは「あなたたちが謝っても、本人が謝っていないじゃないの」とは言わなかったので、おそらく私たちが頭を下げた時に、源も一緒に頭を下げていたのだと思います。

その後、私は源に小言も言いませんでした。親の背中を見て、何かを感じて欲しかったのです。必要があれば謝らないといけないし、頭も下げないといけない、それを学んでほしかったのです。

米子北高との出会い

源は「サッカーをしたい」という言葉こそ口には出しませんでしたが、プレーをしたい気持ちはあると思っていました。

この頃の源が口に出す言葉といえば「高校へは行かない」でした。

兵庫県でサッカー推薦入学制度を実施している高校はたくさんあります。以前より滝川第二高校に興味を持っていたこともあり、最初はそちらに進学することを考えました。しかし、サッカーを途中で辞めていた影響で、競技成績を持っていないことや入学試験における点数取得がどれだけできるのかといった懸念がありました。

それに加えて、このまま神戸にいたら近所の友達とまた群れ出して、サッカーどころか高校生活も上手く行かなくなるのではないかという心配もありました。

そこで「県外の高校に行く方が、源にとって良いかもしれない」と考える様になりました。

私は2006年より、ナショナルトレセンコーチの仕事に就いており、6月に淡路島で開催されていた、B級ライセンス取得講習会・関西コースのチューター業務がありました。そのコースに参加していたのが、米子北高校の中村真吾先生です。

2024年、息子がお世話になった米子北高の城市先生と

中村先生は現在、監督に就いていますが、当時はコーチでした。当時の監督だった城市徳之先生は、総監督という立場になっています。
城市先生は大阪体育大学の後輩であり、中村先生とは講習会で出会ったりと、お二人とは縁があり、姫路獨協大学サッカー部へ、米子北高高校から選手が入学してくれる関係性でした。
そんな縁がつながって行く最中、中村先生が「昌子さん、息子さんはどうされているのですか?」と尋ねてくれました。サッカーを辞めているとはいえ、ガンバ大阪ジュニアユースに所属していた過去があります。中村先生はそれを知っていた様で、声をかけてくれたのです。
そこで私は、源が中学3年生になってからの経緯を話しました。そうしたら「一度、うちに来てみませんか?」と、サッカー部への練習参加を提案し、米子北の学校案内パンフレットを渡してくれたのです。

失礼ながらそのパンフレットは、滝川第二高校が進学希望先から外れるまでの3ヶ月間、私の部屋の隅に置いたままでした。

あるとき妻がそれを見つけて「お父さん、源をここに行かせてみたら？」と言い出したのです。高校の詳細を知らないのに、なぜ行かせようと思ったのかは分かりませんが、パンフレットの表紙の爽やかな青空に良い印象を持ったようでした。

源に「お前、行ってみるか？」と言っても、乗り気ではなかった様でしたが、夫婦の間では、背中を押せば行くのではないかと思っていました。本当に大工になりたい訳ではなく、強がっているだけだろうと感じていたからです。

そこで中村先生に「一度、練習に参加させてもらえる？」と連絡を入れ、練習参加の日が決まりました。源には「父さんの顔を立ててくれ。付き合いが色々あってな。話の流れで、源に行ってもらわないと、父さんが困るんや」と言って説得しました。

源は「そこまで言うなら行くけど、俺はサッカーせえへんで」と言いながら、鳥取に向かいました。学校に行けば、練習に参加する様に指示が出ることは分かっていたので、妻に頼んで源には内緒で、練習着とスパイクを車のトランクに入れてもらいました。案の定、城市徳之監督（当時）に、練習に参加するよう言われた源は「スパイクがありません」と言ったそうですが、妻が「大丈夫です。あります」と言って、練習着とスパイクを持ち出したのでした。

米子から帰って来た夜、源は清々しい顔をしていました。「あいつら下手くそだ」なんて上級生に対して偉そうに言いながらも、満更でもない感じでした。これは何も米子北の選手が本当に下手なのではなく、久しぶりにサッカーをやったことへの充実感がそう言わせたのです。

当時、米子北の1年生に山本大稀（ガイナーレ鳥取→栃木SC→おこしやす京都AC）という、大阪から進学していた選手がいました。源は帰り際に山本先輩から「関西から来ているのは俺一人やねん。(源が来るのを)待ってるで」と言われた様で、嬉しそうにその話をしてくれました。

源自身も中学時代の自分をリセットしたい、過去の自分を知っている人がいないところに行って一からやり直してみたい。新たな自分を作ってみたいと思った様で「米子北に行く」と言い出したのです。

源がどうしようもなくダメになり、高校にも行かず「何の目標も持たずに生きて行くのでは」と思ったことは一度もありません。

その根拠は、毎朝学校へ登校する時のある姿でした。登校する際に家を出て、道路を歩いて行くと、家のベランダが見えなくなる最後の曲がり角があります。そこを曲がる時に必ずこちらを向いて、手を振るのです。これは姉の楓とともに、幼稚園の頃からしていた習慣でした。幼稚園の頃は園に入る最後の瞬間に振り向いて、親に向かって手を振るのです。

友達と群れていた中学3年生になっても、この習慣は続いていました。そんな姿を見て、我が子を信用しない親はいないでしょう。

もし今、中学生を育てている親御さんがいたら、何も言わなくても良いので、しっかりと子どもを観てあげてください。小学生を育てている親御さんは、子どもとつながる親子のルーティーンを作ってみてはいかがでしょうか。その絆を作っておく、家庭環境が大事なのではないかと思います。

高校でセンターバックにコンバート

源は米子北高校に入学し、最初の2ヶ月はホームシックになったのか「学校、面白くない」と言うことも多く、1、2週間に1回は妻が米子まで会いに行ってご飯を食べたり、寮の友達と一緒に遊びに連れて行ったりしていました。

神戸から米子までは、車で片道3時間かかります。妻も相当、体に負担がかかっていたようでしたが、よくやったと思います。

入学から数ヶ月が経った7月頃、国民体育大会（以下国体）の中国地区予選に向けた、鳥取県選抜チーム候補メンバーに選ばれてからは、母親へ連絡が来なくなりました。選抜活動を通して他校の友達が増えたり、サッカー部のイベントが増えることによって、忙しくなってきたのだと思います。

高1のとき、源のサッカー人生を左右する大きな出来事が訪れました。それがフォワードからセンターバックへのコンバートです。

米子北高校がガイナーレ鳥取のトップチームと練習試合を行った時のことです。米子北のセンターバックの選手が怪我をしたため、監督が代わりの選手に声をかけました。するとサブのセンターバックの選手は、チーム用の水を汲みに行っていたため、ベンチには居ませんでした。そこで監督は近くにいた源に「とりあえず出とけ」と言って、ピッチに送り出しました。

急造センターバックとして試合に出た源は、いい加減なプ

高校でセンターバックにコンバート

レーをしたら監督に怒られると思い、必死に相手の外国籍選手を抑えた様です。

その結果「案外やれるな」という評価になり、監督、コーチから「明日からセンターバックをやれ」と言われたそうです。最初は「嫌です」と断ったらしいのですが、「センターバックをやるか、練習のときに延々と走りをするか、どっちか選べ」と言われ「じゃあやります」と渋々答えたそうです。その結果、センターバックとしてプロから声がかかるまでになるのだから、運命とは分からないものです

スカウトはどこかで見ている

源は高校2年生になり、先輩のセンターバックが卒業して、4人のセンターバック候補の中からスタメンに抜擢されました。そして鳥取県高校総体（以下インターハイ）予選のメンバーにエントリーされる様になりました。その年のインターハイ予選では、全試合に出場して優勝を勝ち取り、本大会の出場権を得ました。

インターハイ本大会、1回戦の相手は水戸商業高校（茨城）です。この試合が源のターニングポイントになりました。

鹿島アントラーズのスカウトに、椎本邦一さんという方がいます。鹿島一筋で、今ではその道30年超のベテランスカウトです。その椎本さんが、鹿島の地元である茨城県代表、水戸商業高校の試合を観戦に来ていました。その試合は、米子北高校が3点を入れて完封勝利。椎本さんは米子北のプレーに驚くと同時に、センターバックの源が目に留まったそうです。その結果1年間、源を追ってくれることになりました。

この大会での米子北は準優勝でした。決勝戦で前橋育英高校（群馬）に0対2で敗れました。前橋育英の山田耕介監督とは以前から付き合いがあったので、決勝戦の後に挨拶に行ったら「センターバックの昌子って、お前

の息子か？　なんで言わないんだよ。それを知っていたらうちが先に獲ったのに」と本気とも冗談ともつかない言葉を頂きました。私は「すみません」と言いながら「米子北だったから、ああなったのだと思います」と軽口を言って、談笑したことがありました。それほどまで、当時の源は無名な存在だったのです。言うなれば、高校2年からの1年間で激変したことになります。

3年生時のインターハイは沖縄であり、3回戦で流通経済大学柏高校（千葉）に、2対1で勝利しました。この試合、開始2分に源が強烈なフリーキックを決めました。どこにも映像がなく、今では観る事はできないのですが、25～30mはあったと思います。蹴ったボールは浮き上がる弾道になり、ゴール左上隅に突き刺さりました。今でもはっきり覚えているほど、凄いシュートでした。

続く準々決勝では、西武台高校（埼玉）と対戦して0対1で敗れたため、ベスト8での敗退となりました。ちなみに米子北高校は２００９年大会出場を機に、鳥取県で16連覇を成し遂げ、２０２４年度時点で、連続出場記録を更新しています。

鹿島アントラーズからのオファー

高校3年生のインターハイ前、鹿島アントラーズからオファーが来ました。スカウトの椎本さんとは面識があったので、私に直接、獲得の意思を伝えて下さいました。しかし「すみません。米子北の城市監督に伝えてください。城市監督から連絡があってから、お返事させて頂きます」と返答して電話を切りました。

私も指導者をしているから思うのですが、選手の進路（獲得オファーなど）を、監督やチームスタッフを通さずに、直接スカウトと保護者で進める、あるいは決めるといった行動は、指導者としては気分の良いものではありません。進路や進学に関する話は、先に指導者にするべきだと思っていたので、そうお願いしました。

そこで椎本さんが城市監督に電話をして、獲得の意思を伝えた後、城市監督から「鹿島アントラーズから、正式に獲得オファーが来ましたよ」と教えてもらいました。

米子北高校で鍛えてもらい、逞しくなった源でしたが、プロは甘い世界ではありません。私は、源の決意がどれほどのものなのか気になっていたので、インターハイ前の大阪遠征時にチームに許可をもらい、宿舎から連れ出して、最終決断を出すための家族会議をしたことがありました。

私は高校を出てすぐにプロにならなくても、大学のサッカー部を経てから行けば良いと思っていました。大学4年間で何か資格を取得しておけば、プロを引退した後に役立つものがあるだろうし、本当に実力があれば、4年後でもオファーはあると思っていたからです。そのため高校からプロに行くことは、どちらかといえば否定的でした。

すると、その会議の時、姉の楓が「なんで源が勝ち取ったオファーなのに、お父さんがああだこうだ言うのよ。本人が勝ち獲ったオファーなんだから、源の好きにさせたらいいと思う」と言うのです。

それを聞いた私は「確かにそうだな。俺があれこれ言うようなことではないな」と反省しました。最終的には源自身に決断を委ねましたが、親としては最後に強い意思を確認したくて「どうだ?」と聞いたら「やりたい」と言ったので、「頑張れよ」と、送り出すことにしました。

子どもの人生です。親がレールを敷く訳ではありません。進む道は自分で選ぶべきで、親が敷いたレールに乗せて、その上を動かそうとしてはいけないのです。

親の役目は、子どもがレールを敷きやすい様に、土壌を開拓してあげることです。土壌の準備もできていないのに、レールを敷いても上手くいくはずがありません。

もう一つ大切なのが「どこへ行ってもいいから、自分でレールを敷いたらいい」と言えるかどうかです。私は子どもたちに対して、あまり細かく言わずに育ててきました。だからといって、甘えん坊になっている訳ではありません。自分で常識・非常識の判断ができる様になり、出会う人に対して礼儀正しく、丁寧に応対していく様に育っていると思います。

つかず離れず適度にを心がける

このようにして、プロの世界に足を踏み入れたわけですが、フレスカ神戸に入り、近所の公園でサッカーを習い始めた頃から、私が源を連れ出して「一緒にミニゲームしよう」とか「このプレーはこうやるんだ」などと言ったことは、一度もありません。

私は指導者をしている中で、プロサッカー選手になりたくてもなれなかった子をたくさん見てきました。本人も親も過度に熱を入れて、サッカーに関わる姿を見ると、大丈夫かなと心配になります。プロになれずに夢破れた時、熱中すればするほどギャップに苛まれ、燃え尽き症候群どころか、次なる目標が立たず、自暴自虐になるのではないかと危惧します。

我が子の幸せという意味では、親が熱くなりすぎない方がいいのではないかと思っていたので「つかず離れず適度に」を心がけていました。

周りの人からは「昌子さんが教えているから、トレセンに入れるのよ」「持って生まれた身体能力があるから。そもそもが違うからねぇ」などと言われましたが、その様な言葉を耳にするたびに「そうではないんだけどな……」と言葉を返したくなりましたが、グッとこらえました。

どんなに良い環境で同じように育てたとしても、トッププロになれる選手となれない選手は出て来ます。そもそもフレスカに入れた時も、ガンバに入れた時も米子北高校に入れた時も、源をプロにしたい気持ちは全くありませんでした。それまでの経緯を考えたら、高校に行ってくれるだけでも御の字だったのですから。

今でこそ全国大会常連高校になり、高円宮杯ＪＦＡ Ｕ－18サッカープレミアリーグでも活躍している米子北ですが、当時は全国大会どころか、鳥取県でも勝つことがままならない状態でした。

当時の私が、源をどうしてもプロにさせたいと思うのであれば、全国大会常連校や強豪高の知り合いに電話をかけて、進路相談をしていたはずです。でもそうではなく、あの頃の私たちの願いは、普通の生活を取り戻すというか、楽しい高校時代、青春時代を謳歌してほしい、ただそれだけでした。

少年時代の源はサッカーが好きで一生懸命プレーする子でしたが、居残り練習をするとか四六時中リフティングをする、公園で自主練習をするほど、熱心な子ではありませんでした。

「サッカーは二の次でいい。でもやる時は楽しんでやる。あまり熱くならない位の方がいい。だけど好きではある」。そんなスタンスでサッカーと向き合っていたからこそ、ジュニアユース時代に一時サッカーから離れましたが、高校で再びやる気になったのだと思います。

小学校時代からサッカー漬けで必死になっていたら「サッカーって面白かったよな」「爽快感があったよな」「またやりたいな」という感覚にはなっていなかったかもしれません。「つかず離れず適度に」の距離を保ち、高校生になって徐々に燃えて行く。それが結果的に良い成長曲線になり、サッカーに再び戻ることができた、適切な距離感だったと思います。

可愛がられる気質

小さい頃からの気質は、大人になってからも大きくは変わりません。源は小さい頃から正義感が強く、人を諭したり、弱い子を助ける気質があります。困っている子がいたら助ける、その性格は子どもの頃から変わっていないようです。

少年時代に試合の前後で整列する時、並ばない子やだらだらしている子がいると、「おい、早く並べよ」と言うような子でした。こういった性格がいつ身についたのかを考えると、これといった分岐点は思いつきません。源は元気な子でした。家の裏が六甲山の麓でしたので、近所の子どもと川遊びや山遊びをしたり、家に帰ればゴールキーパーごっこをするなど、自然と身体能力が培われたところもあったと思います。

中学時代、同級生と喧嘩をして、親子で謝りに行ったのも「正義とは何か」を考えさせるためでした。起こしてしまったものはしょうがない、きちんと謝ろう。正義のためだからといって、人を傷つけていいわけではない。親から子へ、最後の学習をさせたのでした。

高校を卒業して数年後、先生に「源君は下級生を大事にしていました。試合に出られないメンバーとも、別け隔てなく友達付き合いをしていましたよ」と聞かされた時は、プロサッカー選手になった時よりも嬉しい気持ちになりました。

そういったキャラクターがベースにあったからこそ、鹿島アントラーズやFC町田ゼルビアにおいて、また日本代表に入っている時も、誰彼なく可愛がってもらえたのだと思います。

子どもの頃からの源を見ていると、多くのものが積み上がっていっている感覚があります。昔から皆を助ける、皆で頑張ろうという姿勢は変わりません。

アドバイスはたまに

源のプレーを見ていて「調子が悪そうだ」「ミスが多いな」と感じたら、連絡を入れることがたまにあります。ロシアワールドカップの時にもLINEを送りました。縦にグラウンダーの鋭く速いパス（楔のパス）を入れるプレーが上手くいっていないと感じて、当時のドイツ代表のセンターバック、フンメルス選手が素晴らしいパスを入れる動画を、言葉を添えずに送りました。

ロシアワールドカップ初戦のコロンビア戦、1点目は香川真司選手がPKで決めた得点でした。そのPKを奪取する起点となったのが、相手のクロスボールに反応した源が、クリアではなくヘディングで香川選手にパスを出したプレーです。

パスを受けた香川選手から、大迫勇也選手への縦パスが通り、最後は香川選手が蹴ったシュートが相手の手に当たってPKになりました。

それ以外にも源からのパスが起点となり、日本の攻撃が始まった場面がいくつかありました。

ビルドアップの際に、センターバックがドリブルで持ち上がるプレーを織り交ぜることで、相手の守備に混乱を招くことができます。相手をドリブルでかわさなくても、持ち上がることで相手を引き付け、味方に時間とスペースを与えます。

相手を少し引きつけるだけで十分なので「もうちょっとドリブルしたらどうや？」と言ったこともありました。

フンメルス選手の動画の前には、アルゼンチン代表のマスケラーノ選手の動画も送りました。マスケラーノ選手は源と同じく、それほど大柄ではありませんが、代表チームではセンターバックを任されています。なぜ大柄ではない選手が、大きな体が有利とされるセンターバックでプレーしているのでしょうか。

私は源に「センターバックは空中戦も大切だけど、他のプレーで期待されているのだろう」「大切なのはそこではないよ」ということを伝えたくて、マスケラーノ選手の動画を送りました。源が「センターバックでプレーするには、身長が低いのではないか？」と悩んでいる様に見えたからです。どうやら、その悩みを解決に導くヒントになった様です。

とはいえ普段はあまり、サッカーについての連絡はしません。「親父は指導ライセンスがあるのか知らないけど、Jリーグのピッチ内のことは経験ないし、分からないだろう」などと言われない程度に、またあまり言い過ぎない程度に抑える様にしています。

互いの仕事を尊重する

源が「プロサッカー選手になります」と言った時から、私は「メディアの人を大事にしなさい」と言ってきました。試合内容によっては、試合後にインタビューを受けたくない時もあるでしょう。そんな時でも、源のコメントを一言でもいいから聞きたくて、待ってくれているメディアの皆さんが居るのです。

もし話をしたくないのであれば「今日はすみません、また改めてお話しさせて頂きます」と言って、気持ちだけはきちんと伝えなさい。絶対に知らん顔で素通りするな、無視はするなと言って来ました。

実際にメディアの方から「息子さんはきちんと話をしてくれる。応対が気持ちいい」と言って頂くことが多いです。そう言われると、失礼な応対はしていないのだろうなと思います。

取材で声をかけてくれたメディアの方々も、無視されれば「なんだあいつは」と不快な気分になるもの。そこで「すみません」の一言があるだけで、気持ちを汲んでもらえて「今日は聞かずに、また今度にしましょう」と、コミュニケーションが成立します。メディアの皆さんも仕事で来ている訳です。何も得られずに帰るわけにはいきません。源には「仕事をしているのは、お前だけとは違うよ」という話をしました。

【源からの還暦メッセージ】

「お父さん、還暦おめでとうございます。僕としては『もう60歳か』という感じです。お父さんにとっては『まだ60歳』と思っているかもしれませんが、これからも健康に気をつけながら長生きしてほしいと思っています。

僕自身、子どもが2人いて、改めて父の偉大さを痛感しています。様々な場面で『さすがだな』と思うことがあります。31歳になって、特にサッカー面で悩み事が増えました。ここ近年は特に多かったです。特に僕から父に何かを聞くわけではないのですが、言葉でも行動でも、何か父から欲しいなというタイミングで、必ずLINEや電話が来ます。そういうのは本当にさすがだなというか、いつまでたっても僕はあなたの子どもなんだなと思います。そういう時に、僕もこういうお父さんになりたいなと思わせてもらっています。そういう父でありたいし、あり続けたい。あなたの背中を追いかけて、自分も成長したいです」

昌子源が語る、父親の姿

© FCMZ

昌子源（しょうじ・げん）
1992年12月11日生まれ。兵庫県神戸市北区出身。フレスカ神戸→ガンバ大阪ジュニアユース→米子北高校→鹿島アントラーズ→トゥールーズFC（フランス）→ガンバ大阪→鹿島アントラーズ→FC町田ゼルビア。日本代表として2018年ロシアワールドカップ出場。

SPECIAL INTERVIEW

「尊敬している人は誰かと聞かれたら、真っ先に父の顔が浮かびます」

「父親ってどんな人？」と聞かれたら、「尊敬」という言葉が思い浮かびます。

でも、小さい頃は違いました。父イコール怖いというイメージでした。

この前、父がヴィッセル神戸U－18で監督をしていたときに、Jユースカップで優勝した時の動画を見ました。僕が7歳の頃の映像なのですが、めちゃくちゃ強面で迫力がありました。だからこそ父は常に周りの人に優しく、謙虚にを心がけていたと思います。

当時、父はヴィッセルにいて、僕はフレスカ神戸でサッカーをしていました。ライバルチームだったわけですが、そんなことは全く気にしませんでした。

でも父がヴィッセルを辞めると言った時は、めちゃくちゃ反対しました。小学生の自分からすると、Jクラブは憧れの場所です。そこで

働いている父がかっこよかったので「辞めないでよ」と言ったのは覚えています

小学生の頃、父の部屋に忍び込んだことがありました。何かおもしろいものはないかと探していたら、見たことのないアディダスのスパイクが出てきました。

当時、僕らの間では最新の『プレデター』が人気だったのですが、父のは昔ながらの黒いスパイクでした。フラッグシップモデルの『コパムンディアル』でした。その希少性も価値も分からないまま、父に内緒で土のグラウンドで履いて、ボールを蹴っていたんです。

後に、父がすごく大事にしていたスパイクだと知ったのですが、一切怒られませんでした。「いいスパイクやろ」って感じで終わりました。今、自分が親になって考えると、大事にしているものを勝手に持ち出して使われたのに、よく怒らなかったなと思います。

SPECIAL INTERVIEW

子どもの頃を振り返るとサッカーに関して強制されたことは一度もありません。

子どもの頃を振り返ると、サッカーに関してあれしろ、これしろと強制されたことは一度もありません。僕から聞かない限り、アドバイスもほとんどなかったと思います。

プロになって「サッカーについて、父親からどんなことを教わったの？」とよく聞かれるのですが、教わったことがないんです。そう言うと、あまり信じてもらえないのですが。

周りの人は、父がサッカーの指導者だと知っているので、「英才教育をしているんじゃないか」と思うそうですが、全然そんなことはなくて。

子どもの頃、父が試合を見に来てくれたことは数えるほどしかなかったですし、その時も「あのシーンはこうすれば良かった」「もっとこう動きなさい」などと言われたことは一度もありません。

僕が中学生の時、一度サッカーから離れたことがありました。その時に「バスケットボールがしたい」と言ったら、父は「源の好きなようにしたらええ」と。そのぐらいのスタンスでした。最終的にはサッカーに戻りましたけど、あの時に決断していたら、バスケに行っていたかもしれません。

ほかに「将来、大工にでもなるわ」と言った時は、めちゃくちゃ怒られました。

「飛び職の人も、プライドかけて精一杯やっとるんや。あの人らがいないと、この家もない。お前の言い方は、職人を下に見ているように聞こえる。飛び職の人に、今から謝ってこい」って。その辺の筋を通すところは、昔から変わっていないなと思います。

印象に残っているのは、絡まれた同級生を助けるために喧嘩をした時のことです。相手に怪我をさせてしまい、親が怒鳴り込んできました。

SPECIAL INTERVIEW

「バスケットボールがしたい」と言ったら、父は「源の好きなようにしたらええ」と。

その日から毎日一週間ほど、父と母と3人で謝りに行きました。

相手の家には行くものの、部屋にはあげてもらえません。相手の質問にはすべて、僕ではなく父が矢面に立って答えて、一方的に責められても耐えるのみでした。

狭い玄関に3人が折り重なるようにして立ち、父が先頭、母と僕は後ろにいました。父は、相手の親が手を出してきた時に壁となって守れるように、斜めに構えていたのです。その姿は今でも覚えています。

当時の僕は世間知らずの子どもだったので「なんで謝りに行かなきゃあかんの。喧嘩の原因は向こうやん。あっちも手を出してきたんやから」と思っていました。

でも父は「怪我をさせたのは事実だから、謝りに行かないとダメだ。世の中はそういうものだ」と譲りませんでした。

何年も経ってから知ったのですが、僕と母が謝りに行った後、父は家に帰ってもう一回、一人でまた毎日謝りに行っていたそうです。それも素直にすごいなと思います。母には「散々、お父さんに迷惑かけたんやから、ちゃんと恩返ししいや」と言われています。

母にもたくさん助けてもらいました。米子北に入学した当初、練習がきつく、慣れない寮生活で苦労していた時期に、毎週のように神戸から通ってくれました。

車で往復7時間ぐらいかかるのですが、米子まで来て、僕が「神戸に帰りたい」と言うので、すぐにまた運転してもらって。今、自分が鳥取の妻の実家に行く時に、「こんなに長い距離を毎週、運転して来てくれたのか」と、その道を通るたびに思います。

父は「本当に無理だと思ったら帰ってこい」と言ってくれて、それが救いでした。「ほんまに無理なら帰ってもいいんや」と思えたのは

SPECIAL INTERVIEW

父は「本当に無理だと思ったら帰ってこい」と言ってくれて、それが救いでした。

© FCMZ

良かったです。その上で「やれることはしっかりやりなさい」と後押ししてくれました。

そして母が毎週、米子に来てくれるので、「もう一週間、頑張るわ」と言って別れ、また翌週も来てくれる。その繰り返しで徐々に、米子での生活に慣れていきました。今思うと、学校と寮以外に一息つく時間が欲しくて、それが母親との時間だったんでしょうね。

高校を卒業してプロになった当初は「昌子さんの息子」と呼ばれることが多かったです。サッカー界では、父の名前の方が通ってましたから。でも自分が試合に出て活躍するようになると、父の方が「昌子源のお父さん」と呼ばれるようになりました。その時に父が「やっとそうなったか」と言ってくれたのは、嬉しくて印象に残っています。

不思議なことに、自分の調子が悪い時や悩んでいる時に、父から突然LINEが来るんです。ロシアワールドカップの時もそうでした。

SPECIAL INTERVIEW

「みんなが知っているお前と、今のお前の姿にギャップがある」など、厳しい言葉もありました。

フンメルス選手とマスケラーノ選手の動画が、無言でポンっと送られてきました。マスケラーノ選手は、自分が思っていたセンターバック像とは、全く違う守り方をしていたので衝撃的でした。

父からのメッセージは、サッカー指導者の視点と父親としての視点が両方あります。でも具体的な指示ではなくて、「一回全体を見てみたら」とか「余裕がないんじゃないか」。時には「オフの時間はサッカーのことを考えず、家族と遊んでリフレッシュしたらどうだ」といったアドバイスもあります。

長いサッカー人生、順風満帆で来たわけではありません。試合に出ている時も出てない時も、上手くいかない時は必ずあります。

特に、鹿島で試合に出られなかった時期は、父なりに気にかけてくれていたと思います。「今までだったら足が出ていた場面でも、消極的になって足が出ていないんじゃないか」「みんなが知っているお前と、今のお前の姿にギャップがある」など、厳しい言葉もありました。

なかでも「練習で怪我をしたくないからって抑えて、試合でやりますなんて通用しないよ。そもそも今、試合に出られていないんだから、練習が公式戦やで」という言葉はズシンと来ました。僕としても、練習を観ていないのに、なんでそんなことわかるの⁉って。「そんなんわかってるわ」と言いたくなるのですが、図星過ぎて何も言えません。

不思議に思って、「なんでわかるの?」と聞いたら、「何年、お前の親父をやってると思ってんねん」って。すごいのは、それが一度きりではないことです。何度も絶妙なタイミングでメッセージが来るのです。

正直、長いメッセージには全部返せなくて、スタンプ1個で済ませてしまうこともあります。でもそれは面倒くさいからじゃなくて、ただただ「ありがとう」という気持ちでいっぱいになり、言葉にならな

SPECIAL INTERVIEW

父が還暦の時に、「僕も父さんみたいな父親になりたい」と言いました。

いからだということを分かって欲しいです（笑）。

父が還暦の時に、お祝いムービーを送りました。その時に「僕も父さんみたいな父親になりたい」と言いました。子どもが困っていることに気づいて、さりげなく手を差し伸べられる。そんな父親になりたいです。

父に対する見え方は、子どもの頃から変わりませんが、リスペクトの気持ちは年々増しています。子どもの頃からプロになるまで、父が僕に何も強制せずにいてくれたからこそ、今こうしてプロサッカー選手になることができたんじゃないかと思います。

それは母にも言えることで、全部がつながっている気がします。サッカーをしていると、どこに行っても「お父さんにお世話になりました」と言われます。そのたびに「そんなにすごかったんだ」と実感します。

父は今、ロヴェスト神戸というクラブの運営をしています。まだ完璧なチームではありませんが、それを形にしていくのが、父の生きがいになっている様に思います。

父は「お前が現役を引退したら、後は任せる」と言うのですが、自分が引退しても、そのタイミングで変わるのではなく、父が本当にしんどくなるまでやってほしい。そのために、できる限りのサポートはするつもりです。

自分が現役を引退した後は、父と母と一緒にヨーロッパに旅行に行きたいです。お世話になった指導者が各国にいるので、彼らを訪ねて、父と一緒にサッカー談義ができたらと思っています。いつになるかはわかりませんが、その夢を実現するためにも、元気で長生きして欲しい。それが息子からのお願いです。

育成論

7

ジュニア年代の指導者に大切なこと

ジュニア年代の指導者にとって大切なのは、選手に「心構え」を持たせることです。サッカーの戦術やシステム、攻め方のパターン、立体的な物の見方などは、個人のキック力（ボールの飛距離）同様、年齢を重ねるに比例して増えていきます。焦る必要はありません。

小さい頃は、自分がイメージする通りにボールを操作できるスキルを身につけることが必須です。最終的にはサッカーというゲーム（試合）において、スキルを発揮しなければならないので、試合と同じ要素が入ったトレーニングを徐々に増やしていくことが重要になります。

そう考えると、小学校高学年になるにつれて、対人場面でのボール操作スキルを発揮せざるを得ない状況設定が必要になり、体のぶつけ合いなどの場面設定も重要です。バランスを崩さないことや、体がよろけた時に元の体勢に戻す復元力、体勢が悪い時でも正確にボールを扱うことのできる技術と身体操作能力を高めていきます。

それは何も、筋トレをして体幹を強くし、体を鍛えることではなく、子どもたちが練習や試合を行う中で、自然発生的に起こる対人状況で学べば十分です。そのために「年齢的にまだ早い」という理由だけで、体がぶつかる場面や競り合いが生まれる状況を取り除く必要はないのです。

日本のスポーツ指導の中には「段階的指導法」なる、順を追って指導する方法をよく見かけます。最初は相手がいない状態でトレーニングを行い、徐々に相手を付けてボールを触るといった、順序立てた指導が少年サッカーでは多く見られます。

その様に段階を追っていては、本当の意味でのスキルトレーニングにはならないと感じます。「子どもには無理だ」「まだ早い」と思いながらも、常に相手を入れたトレーニングを継続させていくべきです。これを低学年のうちから実践していけば、5、6年生頃になると体が慣れて、動きが洗練されていきます。

私は中学1年生を指導していますが、発育発達の途中であるため、キックの飛距離が出ません。13歳になるのだから、こんなところを狙って欲しい、こんなプレーをして欲しいと思っても、キックが届く範囲以外には目が行かないので、どうしてもプレーエリアが狭くなってしまうのです。

遠くに蹴ろうとしてもボールが届かないので、遠くを見る必要性を感じなくなった結果、近い所ばかりを見るようになります。

そう考えると、幼少期に密集を掻い潜るボールコントロールスキルを身につけさせると同時に、キック時にボールを芯でとらえるインパクトスキルもトレーニングしておくべきです。

日本サッカー協会の講習会でも、神経系が発達する幼少期に、繊細なボールタッチを習得することは大切だとされています。しかし繊細なボールタッチは、ドリブルだけではありません。ボールを足で捉える、つまりキック時のミートポイントを覚えることも、神経系が発達する時期に学んでおくべきポイントです。

少年サッカーの指導者には、ボールを蹴ること（キック）を、悪いことかのように捉えている人もいるように感じます。何も考えずに適当にキックすることや、コントロールして持ち運んだ方がチャンスになる場面で、トライせずにキックすることを良しとしていないだけで、キックをすること自体は悪い訳ではないのです。

サッカーの楽しさとは？

サッカーの楽しさは、練習したことができた、練習の成果で勝利をつかめたといった「できる喜び」、そして知らなかったことを知ることができた「分かる喜び」。友達の援護ができて喜んでもらえた「共生の喜び」といったものから感じられるものです。

そのために、日々の基本的なスキルを繰り返し、身につける過程の中で、スキルとともに喜びを体感することが重要なのです。スポーツを通じて、成し遂げた達成感や喜び、時には悔しさといった感情を味わうことが大切なのだと思います。

最近の子どもたちの楽しさは、ＹｏｕＴｕｂｅで誰が何をしたとか、わいわいガヤガヤしているだけの楽しさになっているように感じます。これは指導者の問題かもしれませんが、本質的なサッカーの楽しさを見つめる時間が減っているのではないでしょうか。

最近読んだ記事によると、ドイツのサッカーの楽しさは、まず集団で勝ちを目指すことにあるそうです。そのために自分ができることを発揮するという考え方です。あくまでも目的は「チームとして試合に勝つこと」です。その視点からすると、サボっている選手は目的に向かっていないことになり、ダメだという基準ができます。

日本の子どもは、それぞれがバラバラで、目的が整理されていない印象があります。そこをある程度統一させるために、早期の選抜（青田買い）やセレクション、同じベクトル、価値観でサッカーをしたがるチームが増えています。

バラバラな子を一緒にするのも指導ですし、同じベクトルの子を集めるのも指導の一つです。どちらが正解という訳ではありませんが、レベルの高いカテゴリーを目指すのであれば、どちらのクオリティも高めなければいけません。

指導者は哲学を持つ

指導者は、自分なりの哲学を持つべきです。それがないと、クラブを切り盛りするのが難しくなってしまいます。

サッカークラブ運営に関して言うと、環境整備や施設拡充などの物理的な側面は、お金があればなんとでもなります。しかしサッカークラブの本質的な部分、指導コンセプトや指導スキルなどにおいては、お金だけで解決することができません。

Ｊクラブともなれば、優秀な指導者をお金で集めることはできるのかもしれませんが、街クラブともなると金銭的な問題もあり、簡単に指導者を揃えることはできません。では、街クラブには良い指導者を揃えることができず、良い指導ができないのでしょうか？

そんなことはありません。街クラブには情熱を持ち、様々なことを犠牲にしてでも選手を育てたいという、強い思いを持った個性豊かな指導者がたくさんいます。街クラブには、強みを持った者同士が凸凹しながらも組み合わさり、一つの塊となって強みを出す良さがあります。

私がロヴェスト神戸の代表を引き継いで3年になりますが、スタッ

フの多くは先代の頃からいるメンバーです。最年長のスタッフは、時間ができるとグラウンドの草刈りやネットの修理など、環境整備をしてくれます。ゴールの裏側の土手に生えていた雑草は、彼が全部刈ってくれました。その姿を見て、私も負けていられない気持ちになります。

彼は「時間ができたから」と言って、集合時間より早くグラウンドに来て、草刈りをしてから試合に行ったりもします。なぜ環境整備に時間を費やしてくれるのかを尋ねると、自分の仕事を引き合いに出し、こう教えてくれました。

「営業所を綺麗にすると、お客様が『もう1回行きたい』と思ってくれます。そういう営業所にしていかないと、リピーター（お客様）は来ないからです」と言っていました。

それを聞いて「サッカークラブも同じだ」と思いました。雑草が生え、荒れ果てた雰囲気のグラウンドにエネルギーは宿りません。道具が整理整頓されていない敷地では、そこに関わる人間の生き様が見えません。グラウンドが廃れて見えると、子どもを預ける親は不安になります。

「またあそこのグラウンドに行きたい！と思ってもらえるように、草刈りをしているのです」という言葉は、今も心に響いています。

周りに敏感になれ

私はクラブの代表を引き継いだ3年で、費用をかけて環境を改善しました。トイレは母親たちが使用する気になるような、綺麗で水洗式のものに新調しました。芝もゴムチップや砂が入った最新型人工芝に張り替え、サッカーゴールも大中小3種類、4対導入しました。

ナイター設備もLED照明に交換。駐車場拡大、観戦用の日陰（雨除け）屋根、連絡掲示板設置、事務所新設などを手掛けて来ました。

私はよく「周りに敏感になれ」という言葉を選手やスタッフに言っています。周りに敏感になれない者は気付きを得ることができないからです。

例えば練習中にマーカーを置くこと一つにも意味があります。マーカーをどこにどう置いたら、選手にとって安全かつ分かりやすい目印になるのか？　と考えることが重要なのです。さらには、もっと良い方法はないかという目線に立つことで、指導者として掘り下げが深くなり、自ずと何かが見えてきます。

自らのアイデアが乏しいと思うのであれば、選手に聞くことです。恐れてはいけません。指導者が選手の話を聞くことは、とても大切なことです。新たな発見があり、違う角度で物を見るためのヒントを得ることができます。

グラウンド上でもそれ以外でも、自分が生きて行く上でも、軸となる考え方を持つ必要があります。もしまだ考え方が定まっていないのであれば、人の話をよく聞くことです。

ある王国の君主が王子に対して「王の仕事とは何か？」と尋ねたところ、王子は返事に困ったそうです。頭脳明晰、人材登用、税制改革……。色々な答えを出したそうですが、王様は「違う！」と一喝しました。そこで王は「民（たみ）をよく観ることだ」と答えたそうです。

間接的な表現かもしれませんが、我々に当てはめるとするならば、選手を良く観なさい、保護者をよく観なさい、そしてクラブに関わる人々を観なさいということだと思います。そこにクラブ繁栄の糸口があるのではないでしょうか。

子どもの話をよく聞く

源がフレスカ神戸でサッカーを習い始めてからも、私は自分のチームの指導があったので、ほとんどの試合を観ることができませんでした。

そこで、家に帰って一緒に晩御飯を食べている時に「今日どうやった？」と試合の様子を聞いていました。あまり根掘り葉掘り聞くと嫌がるので、適度に間を空けながら、色々と質問をしていました。

私は源の話を聞くことで、試合の様子を想像しながら、我が子の成長を確認することができました。それを続けていると、源は日に日に試合の様子を詳細に覚えて帰ってきて、事細かく教えてくれる様になりました。

「何試合目に誰が出て、○○君がスルーパスを出して、△△君がゴール前に詰めて……」といったように、グラウンドを俯瞰して見ている様な、ボールのない所までも見ていたかのごとく、話をする姿に驚きました。

その時の私は言葉を挟まず、相槌を打ち、感嘆のアクションをするのみ。「その場面では、こうしてプレーするんや」など、具体的な話や指導めいたことは一切言いません。試合を観ていない私はあれこれ言える立場ではありませんし、ただ源の話を聞くのが楽しかったのです。ひょっとしたら、そのやり取りがサッカーの上達につながったのかも知れません。現在もセンターバックとして、ピッチ全体を見渡して指示を出しているのは、その時に芽生えた感覚だとしたら、とても嬉しいことです。

源の中には「父さんは自分のサッカーを理解しようとしてくれている」という感覚があったのでしょう。だから詳細に覚えて帰って来て、一生懸命説明してくれたのだと思います。

中学3年生になっても、曲がり角で手を振っていた源の性根は、この頃に育まれたものかもしれません。こうやって親子がつながっていれば、ある程度自由を与えたとしても問題行動はしないですし、道から逸れることはないと思います。

凧は自由に空を飛びますが、糸を持っていれば、何があっても手繰り寄せることができます。行き過ぎたら、糸を引いて戻せば良いのです。指導者として持つ「フレーム」と、選手に与える「自由」を共存することができれば、親子関係でも指導の場でも、対外的な交渉の場でも、道が逸れることはないと思います。

しかし、親というのは気持ちが入り過ぎてしまいがちです。自分が経験した出来事や歴史が、子どもを育てる上での基準や物差しになります。

ゆっくり待ってあげれば良いのですが、糸を引っ張りすぎたり「こっち、こっち」「いや、あっちあっち」と、親が先導するから子どもにストレスが掛かったりします。また子どもは反論できないがゆえに、自分の意思と違うと思いながらも、言われた通りに動いてしまうのです。

そして思春期に入ってから「もういいから放っておいてくれ」と、自ら糸を切ってしまうのです。そうなった時にはもう遅いです。どんなに親が手繰り寄せようとしても、言うことを聞かずに遠くへ行ってしまうのです。

電車事件、その後の話

何か揉め事が起きた時、一方の話だけを聞いても、真実はわかりません。両方の話を聞く必要があります。コーチがきちんと説明してくれた、コーチが話を聞いてくれているという安心感が、子どものストレスを軽減し、信頼関係を築く一因になります。

子どもの話をきちんと聞かなければならない。それを痛感した出来事がありました。神戸FC時代の「電車事件」です。2章にも記しましたが、私が神戸FCで指導をしていた頃に起こった出来事です。

3日間の大会が終わった翌週、選手たちに「○○コーチに怒られたそうやな」と聞いたら「コーチ、聞いてよ。俺ら絶対やってない。なのに○○コーチ、めちゃくちゃ怒ってくるねん。俺らの話、一つも聞いてくれへんねん」と憤っていました。

そこで私が「実際のところどうなん？」と、聞き出しました。すると電話で聞いた苦情の内容と全然違うのです。実際に電車の中で粗相したのは、別の学年だった様です。

当時、話をしに来た一人が、後に神戸FCで指導者になり、クラブを切り盛りしている倉直樹です。そしてもう一人が、姫路獨協大学女子サッカー部の監督をしている藤谷智則です。

彼らとはたまに食事をしますが「あれはほんまにありえへん」と、今でも言います。倉と藤谷は仲が良くて「昌子さんはいつも俺たちの話を聞いてくれた」と言ってくれますが、私は以前から人の話を聞くのが苦ではなく、どちらかと言えば得意なものとして捉えていました。

我が子の話を聞くことが楽しいと思えたのも、その性質が作用してくれたのかもしれません。学生時代から、大なり小なり人の話を聞くことを大切にしてきましたが、それを指導のベースにするべきだと確信に変わったのが、この事件でした。

一方の意見を聞くだけではダメで、双方向の意見を聞いて判断しなければなりません。人間には先入観がありますから。

実はもっとも重要なのは、双方の話を聞いた後の判断です。状況によっては「お裁き」をしなければいけない時もあります。話を聞いて、双方が納得する結論を導き出す。そのために指導者は、常識や人の心情を察する敏感さを持ち合わせておかなければいけません。たゆまぬ人間磨きが求められるのです。

子どもには身をもって勉強させる

指導者をしていると、保護者対応を避けて通ることはできません。神戸FCで指導していた時に、こんなことがありました。

子どもたちは、建物の軒下に荷物を置く決まりになっていたのですが、軒下の少し前にある縁石あたりに荷物を置く風習がありました。

何度「軒下に荷物を置きなさい」と指導しても、手前の方が近くて便利だったので聞き入れませんでした。

あるとき雨が降ってきて、選手たちが「荷物が濡れるので、軒下に入れて良いですか？」と聞いてくるので「あかん、そのまま置いておきなさい。濡れてもしょうがない」と言ってそのままにさせました。当然、荷物を入れたリュックは雨でずぶ濡れになりました。

その夜、保護者からクレームが来ました。そこで私は「申し訳ないとは思いますが、今後は絶対に荷物を軒下に入れる様になりますよ。お母さん方は現場の様子は知らないでしょうが、私をはじめ、指導者は皆、指導はしています。その結果、言うことを聞かないからこうなったのです。身をもって勉強したと捉えて下さい」と説明しました。すると保護者も「わかりました、うちでも注意しておきます」と言ってもらえました。次の練習からは空模様を気にしながら、選手たちは軒下に荷物を入れるようになりました。

今の保護者は先手を打つこと、先に手を出すことが多いです。雨が降り出したら、荷物が外にある→親が軒の方に移動させる、あるいは親が子どもに「荷物が出ているよ、移動させなさい」と声をかけるのです。

こんなケースがありました。低学年チームで起こったことです。

練習開始にあたり、コーチが「集合！」と声をかけたら、子どもたちはボールを持ってコーチのところに集まるのですが、ある選手が自分のボールを探していて、集合に遅れそうになったのです。

するとその選手の父親が「ボールは父さんが探しておくから、お前はコーチのところに行きなさい！」と言いました。遊んでいる最中に集合をかけられたのですから、ボールが見当たらなくても問題はないでしょう。ボールを探して遅れたのであれば、そのように事情を伝えれば良いだけです。

父親が良かれという思いで行動を指示したのでしょうが、そのために子どもは自分で言葉に出して伝える機会と自分でどうするべきかを判断する機会を失いました。

この様な、大人が良かれと思ってやったことの積み重ねが、子どもの「注意散漫」「後先を考えない態度」「言われたことしかできない思考」「重要なことを頭に留められない馬耳東風の姿勢」につながっているのではないかと心配です。

サッカーも同じです。過去の失敗やミスを整理整頓して、頭の中にフォルダを作って、名前を付けて入れておける（保存しておける）選手は、同じ失敗を繰り返しません。

荷物を整理する理由

私は指導者や保護者向けの講習会などで「子どもさんに、宿舎に入ったらスリッパを揃えろ、荷物を揃えろと言いますが、なぜそう言うのですか？ 理由は何ですか？」と聞きます。見栄えや体裁ももちろん大事です。日本の社会では、公共の場でのマナーとして、整理整頓は重要な事柄です。

しかし、サッカー的に考えるとどうでしょうか。なぜスリッパを揃えることを求めるのでしょうか？ 残念ながら、ほとんどの人は答えられないと思います。

乱雑に荷物が散らかっていたり、自分で遠征用の荷造りをする習慣がないと、どこに何を入れたかが分かりません。お母さんに連絡して「パンツどこにある?」と聞きますか? お母さんが荷物を準備している様では、自分で探せすことができずに「パンツどこかな?」となってしまいます。仮に自分で用意したとしても、適当に詰めていては、後から取り出しにくくなります。

とはいえ、カバンぐらいのことであれば、大きな問題ではありません。荷物を全部出して、調べれば良いのですから。

しかし、サッカーの試合中ではどうでしょう。試合中に起きたミスや似たような失敗を思い出し、「似た様なことがあったな……。あの時、どう対処したんやろ」と、もたついていたら、結局同じ失敗をしたり、あれこれ探しているうちに、次の場面に移ってしまいます。

けれども、頭の中にフォルダを作り、項目ごとに分けて「過去の失敗集」といった様に収めていれば、いつでも記憶から引っ張り出すことができます。「あの時こうだったから、今度は違うプレーをしてみよう」となる訳です。瞬時にそこまで考えて、記憶を引っ張り出すのは難しいもの。だからこそ整理が必要なのです。「あっ」と思った時に、パッと出せる様にしておきたい。それでなくても、サッカーの場面は展開が早いのですから。

船乗りの精神に「ヨーソロー」という言葉があります。これは航海用語で、船を直進させることを意味する掛け声です。「進むべきは、今向かおうとしている方向で良し」という意味を表しています。

また「出船の精神」という言葉があります。船は回転するのに時間がかかります。前進のまま素早く港から出発するために、船尾から入港して、常に出港できる準備をしておきます。この「出船の精神」のことを「ヨーソロの精神」と言うこともあります。

これは大日本帝国海軍、海上自衛隊の伝統となっており、「いつでも確実、迅速に行動できるよう、準備を怠らない様に」という精神です。

この考え方は、私たちの日常生活に通じるものがあるのではないでしょうか。有事の時にパッと荷物を持って出られるように、常に整理整頓しておくことに通じます。サッカーの場面で言えば、瞬間的に反応できる準備をすることに通じます。

子どもは、言われてすぐにできる訳ではありません。それがいわゆる経験値で、そのためにも過去の失敗を整理することが大切なのです。そのために繰り返し、何度も言い聞かせる必要があります。百聞は一見に如かずで、口で何回言うよりも、一回体験したほうが効果的です。

これらのことは、サッカーの練習や試合だけでなく、日常生活のあらゆる場面で役に立ちます。常に準備をしておく、整理整頓を心がける、そして実際の体験を通じて学ぶ。これらの習慣や考え方を身に付けることで、子どもは成長し、サッカーのプレーにも良い影響を与えることができるのです。

整理するためには、日頃からの習慣が大切です。だからこそサッカーという集団スポーツの中で学ぶ意味があり、皆で合宿に行く意味があるのです。

異なる価値観の集団で学ぶ

興味深い話があります。ある夏の日の練習でのことです。バケツに水を入れて、その水でみんなが顔を洗っていました。

子どもの中に、顔を洗った水滴がバケツに戻ることを「汚い」と感じる子がいました。そこで「バケツの横で顔を洗えば、水滴がバケツに入ることはない」という子が出てきます。それはそれで正しい考えです。

ところが、コーチがタオルをバケツに入れて冷やそうとした時、「バケツにタオルを入れるな」と言う別のコーチがいました。使用前の水にもかかわらず、バケツにタオルを入れること自体を「汚い」と感じる人もいるのです。人それぞれ「汚い」の基準は違いますが、指導者が「汚い」と言うことで、子どもたちもその考えに影響されます。「みんなで使う水だから、タオルを入れても大丈夫。個人で洗うなら、水道で洗えばいいじゃない」という子どもの発想に対して、大人が「汚い」という概念を植え付けることの是非を考えさせられる場面でした。

こういったことは集団の中で学べるものです。それぞれの価値観をぶつけ合って、「バケツの外で顔を洗おう」というルールが自然に決まっていきます。理想的なのは相手の心や考えを想像し、自分の行動のあり方を考えられることです。そこまで気が回るようになれば、言うことはありません。

結局のところ、指導者や親の育った環境が、子どもに影響を与えるのではないでしょうか。少なくとも、今の子どもたちが大人になった時のことを考えて、躾けをしていかなければ、後戻りできない状況になりかねません。これは最近特に感じることです。全てを統一する必要はありませんが、自分の価値観はふとした隙に、ポロッと出てしまうもの。だからこそ、慎重に言葉を選ばなければならないのです。

日本の文化と真逆の発想が必要

サッカーは自由な発想が大切なスポーツです。だからこそ指導者自身も、自分の発想が偏らないように気をつけたいもの。一歩間違えると、考え方が凝り固まってしまう危険性があります。

日本の教育は、武士道の時代から明治維新を経て、富国強兵制度になりました。武士道では「武士たるもの走ってはならぬ」とされ、お屋敷の中を走ることは禁じられていました。慌てるな、落ち着いて行動しなさい、慌てるのは準備が悪いからだと言われ、躾けられて来たのです。走り回ることを「良し」としない文化でした。

しかし、富国強兵制度が発令されると、知育、徳育、体育の3つの「育」が重視され、体育では体を鍛えることが求められました。つまり、飛んで走って強くあるべきだという考えに変わったのです。武士道とは真逆の「走れ、走れ」の方向になりました。

表立って言われることはありませんが、強い体を育てることは、将来の日本のため、役立つ大人になれということです。かつては軍隊に入ることを前提に、教育が進められていました。「歯を食いしばれ」と言われて殴られた時代であり、目上の人に意見でもしようものなら怒られる文化です。

そのような文化が根強く残っている中で「サッカーは自由なスポーツ。自由な発想でプレーしろ」と言われても、子どもたちは戸惑うばかり。どうして良いのか分かりません。

私は常々、サッカーは日本の文化と真逆の考え方が要求されるスポーツだと感じています。サッカーには自由な発想が、絶対条件と言えるほど大切ですが、日本の教育においては逆行した躾がされています。

前習え、右向け右、左向け左、気を付け、礼、整列……。号令の基に決まった行動を求められ、気が付けば小学校1年生の頃より習慣化されています。

そのような子に「自由にプレーしよう」「考えてプレーしよう」と言っても、実行するのは難しいのではないでしょうか。

少年サッカーによくあるのが、試合終了後、選手が並んで「整列、気を付け、礼、ありがとうございました」と言う場面です。

彼らを見ていると「整列」と言わなくても、すでに整列しています。それならば「気を付け、ありがとうございました」だけで良いはず。自分で考えて判断せず、コーチから言われたことに対して、お題目のように唱えているだけなのです。

学校の授業も同じです。チャイムが鳴ったら先生が入ってきて、起立、礼、着席で始まり、先生が60分喋って、チャイムが鳴ったら出て行く。10分経ったらまたチャイムが鳴って、別の先生が入ってくる。授業のほとんどの時間、子どもは座って話を聞いています。それが朝から晩まで、最低でも4時間はあります。

公立の小学校の年間授業日数は約210日です。210日×4時間＝840時間／年は、ほぼ座って話を聞いています。それが中学、高校と続けば、840×12年です。そんな環境で「自分で考え、意見を積極的に言いなさい」と言われても、スラスラ出てくる様にはならないでしょう。

しかしながら、日本の教育に反旗を翻す訳には行かないので、せめてスポーツの場だけでも、もっと自由な発想ができるように、自由にものを言える雰囲気を作りたいと思っています。

型にはめる指導はNO

よく「外国の指導は自由だ」という話を聞きますが、それは決して「適当」という訳ではありません。むしろ日本人よりも、博愛の精神や人間愛は強いと思います。

その考えや教えを導き、コントロールするのが宗教（観）です。日本人は宗教というと敬遠しがちですが、世界の国々では躾のバイブルとして、様々な宗教から教えが引用されています。またヨーロッパ諸国では「騎士道精神」が、様々な教えを育んだとも言われています。

困った人を助けよう、家族を大事にしよう、障害のある人を救おうといった精神は全て宗教の教え、博愛の精神です。

日本には何があるかと言うと武士道です。武士道精神は、現代の日本にもあるように感じますが、博愛の精神は少し欠けているような気がします。

それらを養うことができるのがスポーツです。もちろん勝つことは大事ですが、それ以外にもたくさんある、大切なことを忘れないようにしたいものです。

たとえばフェアプレー精神。選手宣誓で「我々はスポーツマンシップに則り」と言いますが、スポーツマンシップが書かれた「スポーツマン憲章」を読んだことがある人は、ほとんどいないでしょう。

フェアプレー精神もスポーツマンシップもなんとなくは分かります。インチキしてはいけないとか、相手を傷付けてはいけないとか、それらを明確化したものです。

サッカーは自由な発想を持ちながらも、自由の中にルールがあることを理解しなければなりません。自由だからこそ、ルールが必要であるとも言えます。無法地帯になってはいけないのです。

世の中に置き換えると、自由な時間で何をしても良いのですが、人に危害を加えてはなりませんし、映画館で映画を見るのは自由ですが、迷惑行為をしてはいけません。親に教えられたことや社会のルールを、スポーツを通じて、改めて教えていく必要があると感じています。

これはスポーツ全般に通じる、本質的な部分なのではないでしょうか。そもそもスポーツ(sport)という言葉は、ラテン語の「デスポルト（desport)」、つまり「港から出る」という言葉に由来します。

大海原に解放されて出ていく、自由を求めて海へ出るという語源から「スポーツ」という言葉が生まれたそうです。

スポーツは、ルールはありながらも、自由な発想で大海原に出ていく、のびのびとした楽しいものであるはずです。「気をつけ、礼」といった日本の教育の常識は、スポーツの、サッカーの上達を妨げているのではないでしょうか。

サッカーだけでなく、人間の成長を抑制し、狭めてしまっているのではないかとさえ思います。本来スポーツの価値は、そのようなものではないはずです。

我々指導者のあり方も、本当にこれで良いのでしょうか。自由な発想を妨げる教育になってはいないだろうか。「自分で考える」と言いながら、型にはめようとしてはいないだろうか。自問自答する日々です。

他の家庭の子どもと比べない

その子に一番、情熱を持って関わるのは親です。長年、指導者をしていて感じるのは、自身の生き方や価値観を、一旦横に置いておくと良いということです。

人間には何かしらの基準があり、それをもとに良し悪しを判断します。基準の多くは、自分の経験に基づいています。しかし、良かれと思って言ったことが、相手にとってはそうではない。もっと言うと、悪意として取られることもあります。

そのことを頭に入れ、自分の経験や価値観を一旦横に置いて、「この行動で誰かが迷い、傷つくのではないか」と考えることを習慣化することができれば、もう少し穏やかな世の中になるのではないかと思います。

色々な人がいることを認識しつつ、自分の考えが他人と同じだと思わない方が良い。これは最近、特によく感じることです。

人間同志は必ず「違い」があり、相容れない部分もあります。だからこそお互いを否定せず、相手の話を聞くことが重要です。

サッカークラブに通う子を持つ親の場合、一旦「我が子、我が子」という視点から離れ、「あの子のためには何がいいのか」を考え、集団の中で学ぶ感覚を持つこと。そして「うちの子は、この集団で鍛えてもらっている」という感覚を持つことが必要なのではないかと思うのです。

その上で「我が子が所属している集団のルールやマナーは何なのか?」に、想いを馳せて理解しようとしなければ、悩みや不満は尽きないでしょう。

コミュニケーションを取るときは、思い込みすぎないことが大切です。距離感を測る物差しの精度は、人によって違います。案外、目の荒いざっくりとした物差しの方が幸せかもしれません。

私の家では、他の家庭の子どもと比べて物を言わない様にして来ました。「他の子がこうだからお前はこうしなさい」と言ったことは一切ありません。「これダメ、あれダメ」も言わない様にしてきました。ただし、放任と自由は違います。理想的には手のひらの中で子どもが自由に遊ぶ状態で、そのフレームだけは大切にします。このフレームに大小はありますが、逸脱することは避けます。我が家のフレームは、社会のルールに反しないこと、人の嫌がることをしないことでした。

これらのことは、サッカーから学ぶことができます。源の場合、サッカーを始めて友達ができ、チームに入り、中学時代にいじめられた経験も、今となっては良かったのかもしれません。人の痛みが分かるようになり、弱者の気持ちを感じられるようになった訳ですから。

逆境に強くなることは必要です。世の中、順境に強い子は大勢いますが、問われるのは逆境の時です。チームを見ていても感じますが、連勝している時は選手の機嫌も良く、チームも調子が良いですが、連敗した時や上手くいかない時は、皆が互いのことをあれこれ言い出します。世の常ですが、逆境に立たされた時こそ、その人、その集団の真価が問われるのです。

継続することの大切さ

スポーツの場面では、繰り返し練習をしなければならず、すぐに結果が見えないことも多いです。学問的に言うと、心肺機能や運動能力は横軸を時間、縦軸を効果とすると、右肩上がりで伸びていきます。特にフィジカル面は、やればやるだけ効果が出ます。

しかし、スキル練習は停滞期が長いのが特徴です。ある時に突然できるようになり、その後に停滞するといったように、階段状に伸びていくのです。

練習をやってもやっても、自分が上手くなっているのか、結果が出ているのかわからない時期が続き、ある時にできるようになります。例えば、子どもが自転車に乗れるようになるのは、そのような感じです。父親に後ろを持っていてもらっているつもりが、実は手を離していて、突然乗れるようになります。

サッカーの技術面は、ある日突然できるようになったり、偶発的な何かをきっかけにできるようになります。だから諦めないこと、継続することが重要です。しかし、その継続が難しいのです。飽きてしまったり、嫌になってしまうからです。

そこで大切なのが、エネルギーを持って続ける努力をすること。継続しているけれど、エネルギーのかけ具合が強い時もあれば、弱い時もあるのはよくありません。

諦めないというのは、継続するという意味です。やり続けること、途中でやめないこと。努力をするというのは、エネルギーをかけて取り組むことです。

やるときはやるけど、休むときは休む。それもいいですが、コンスタントにエネルギーをかけて取り組むことが継続することの価値になり、結果にもつながるのではないでしょうか。

少しずつでも続ければ、どんどん長く続けられるようになります。エネルギーをかけてコツコツやるからこそ、結果が出るのです。努力をしないと効率が悪くなり、結果的に時間ばかりが過ぎていってしまいます。

指導するときに、ただ「諦めるな」「頑張れ」「努力しなければいけない」と、言葉で言うのは簡単です。しかし、それがどういう関係で絡み合っているのかを、教える側が理解して、励ましてあげると良いと思います。

ただ「頑張れ」「諦めるな」と言うだけでなく、理屈をわかりやすく言葉で、あるいは態度で見せてやることが肝心です。

子どもにとって、好奇心を持って何かを求めていくという意味での「冒険心」が強いことは、とても大切なことです。具体的には「やってみよう」「チャレンジしてみよう」という姿勢です。

これは何もサッカーに限ったことではありません。私たちはサッカーを媒介に子どもと触れ合っていますが、このような気持ちは、常に植え付けていきたいものです。

指導者としては、その選手が今、どの段階にいるのかを見極めること。私自身、過去の経験から、「この子は、この時期にはこれくらいできていた」「あの子はここまではできたけど、結局そこで止まってしまった」など、イメージの蓄積があります。

そのうえで、子ども自身には「人と比較しないこと」「自分がどうあるべきかをしっかり持っておくこと」の大切さを伝えています。

子どもの中には、自分を過大評価する子、過小評価する子がいます。我々から見ると、結構できているのに、思い切ってやらない子もいます。「いや、僕なんて……」と過小評価するのは良いことではありません。

自分を振り返ることは、大事な能力だと思います。「自分の現在地を知る」とでも言いましょうか。大人になればなるほど、その能力が必要になります。

サッカーの技術面での現在地も大事ですし、集団の中での位置関係も重要です。なんか浮いているなとか、あの子が浮いている雰囲気があるなとか、そんなことに気づいたら、戻してあげないといけません。それに気づけるような子になって欲しいと思います。サッカー選手としてだけでなく、人として成長するためには、そのような能力を身につけていく必要があるのではないでしょうか。

思春期の子どもとの接し方

中学1年生という時期は、子どもから大人への過渡期にあたります。彼らを見ていると、大人のような言動と子どもらしい言動が混在しています。これは人間の成長における第二次成長期の特徴で、体の変化と比例して精神面にも表れてくるものです。

中学1、2年生は反抗期が始まり、「俺のことは放っておいてくれ」と言いたくなる年代です。この時期の反抗は自然の摂理なので、抑え込む必要はありません。むしろこの幼さが抜けていった後に、大人のサッカーへと移行していきます。

例えば、ある選手を小学生の頃から指導しているコーチがいるとします。その子が中学生になったとしても、コーチから見れば子どもです。小学生の時と同じように接すると、思春期の子は「うるさいな」「うざい」と感じてしまうものです。

コーチが指示や注意をしたとしても、聞こえないふりをしたりするのが、思春期の特徴です。そこで「おい、待て！ 今言ったことが聞こえなかったのか？」「聞いているか？」など、追い打ちをかけるのは逆効果です。相手はもう小学生時代の○○君ではなく、大人への階段を登ろうとしている最中なのです。

そのような姿を見ると、私はコーチに「あんまり言うな。放っておいてやりなさい」とアドバイスをします。知らん振りはすれど、子どもの耳にコーチの声は入っているのです。ただ返事をしたくないだけで、こちらが意固地になればなるほど、相手もムキになります。その気持ちを理解してあげて欲しいのです。そして忘れた頃に「あの時のことやけど」と、二人きりのときに何気なく話すと聞いてくれます。それはこの時期において、自然なことなのです。

彼らは「大人になりたい、でもなれない」という不思議な感覚の中にいます。どこかに「早く大人になりたい」「大人として扱われたい」という気持ちがあります。そこをうまく活用するのです。「お前たちなら、こんな難しいことも理解できるだろう」と言って、あえて高度な内容を示すと「コーチは自分を大人として扱ってくれている」という感覚から食いついてきます。これが幼さから抜け出すために、大人ができる促しのひとつです。こちらが演出をすることで、子どもを大人へと引き寄せるのです。

無理強いする必要はありませんが、私は「お前たちのサッカーのレベルを上げるには、この考え方を知っておく必要がある。今この時期が大事なんだ」といって、サッカー雑誌に載っていた、少々高度な戦術解説の記事を見せたりしていました。

もちろん、自立心旺盛な子もいるので、そのような選手が多く集まるチームであれば、このような工夫は必要ないでしょう。

お父さんコーチに大切なこと

チームを支えてくれるのが「お父さんコーチ」です。息子がクラブに所属していて、コーチとして指導のお手伝いをしてくれる人のことを言います。

多くの少年団・クラブチームが、お父さんコーチに助けられています。日本サッカー界において、スポットライトこそ当たりませんが、なくてはならない存在です。

お父さんコーチは指導のプロではないので、時に残念な場面を目にすることがあります。これはあくまで一般論ですが、例えば、プレーの中で「お前、そこサボっちゃダメだろ」と息子に言います。それは適切な指示だと思います。

試合が終わってから「みんなで片付けするぞ。お前、何サボってるんだ？　一緒にやらんか」と、息子に言います。それも良いでしょう。

そのような時に、子どもが思わず、コーチのことを「パパ」と呼んでしまったらどうしましょうか？　そこでお父さん（指導者）が返事でもしようものなら、周りの子どもたちが「やめろよ、その会話」というような反応をします。その瞬間は、コーチと選手の関係性ではなく、親と子の関係性になってしまうからです。この関係性をグラウンドに持ち込んでしまうと、チームの秩序に悪影響を与えます。

もちろん、適切な距離感を保つことのできるコーチもいます。

そのようなコーチは、試合会場に我が子と一緒に車で行ったとしても、会場に着くいたら子どもを先に降ろし、チームメイトのところへひとりで行かせます。お父さんはお父さん、子どもは子どもで荷物は別にして、自分のことは自分でやらせます。グラウンドでも、家庭の雰囲気は一切出しません。

お父さんコーチと子どもの関係性に関しては、その人のセンスと言いますか、生い立ちや価値観、考え方に依るところが大きいので、こちらが指導をするのは難しいものです。とはいえ違和感を覚えたときは、コーチと個別に話をするようにしています。

母親というのは鋭いもので、お父さんコーチの言動に対して、その表裏を敏感に感じ取ります。親子であっても、現場ではコーチと選手の関係です。必要以上に我が子に厳しくする必要はありませんが、バランスを取り接することは必要であり、同時に非常に難しいところです。

指導者講習会の時に兵庫県のあるチームの、こんな話を聞きました。試合が1日3試合あった時、ある子がお父さんコーチに向かって「足が痛いから、次のトレーニングマッチは休むけど、その次の公式戦には出る」と言うのです。

そこでお父さんコーチは「わかった、じゃあそうするか。今は休んでおけ」と言いました。確かに、今無理する必要はないという判断は正しいのですが、「この試合は出ないけど、次の公式戦には出る」と、子ども自身が決めるのはおかしな話です。しかもそれを、父親であるコーチが「わかった」と認めてしまうと、他のメンバーへの指導がしにくくなります。

そこは「試合に出るか出ないかは、お前が決めることではない」と、コーチの立場からビシッと言うべきです。この一線を引くことが、指導者として、とても重要なのです。

お父さんコーチであっても指導者である以上、戦術やシステム以前の問題として、選手と接するスタンスは大切な部分です。これをいかに学び、周りに気づきを与えられるか。常識的な判断ができる人が、リーダーやコーチであるべきです。

サッカーで共生の躾を学ぶ

子どもたちには「集団でこそ学べるものがある」と言っています。

日常生活の躾、例えば食事やトイレ、朝の洗顔などは、1歳から3歳くらいの間に親がしっかり行うべきことです。これは「自生の躾」という、自分で何でもできる様に教えることです。

親には、教えたくても教えられないことがあります。それは子ども同志で、共に生きることを学ぶことです。これを「共生の躾」と言います。サッカーに限らず、スポーツをする意味の一つです。

内容としては、共に生きていくためのルールを学ぶことであり、「これをすると、相手に不快感を与えてしまうのか」「こんなことをしたら喜んでもらえる」「こんな場合は、こうすれば意見がまとまって行く」など、何をどうすれば、周囲の人々と幸せな時間を共有できるかを学ぶことです。これは、自分一人では学ぶことはできません。

子どもは小学校という集団、塾やサッカークラブのような課外活動という集団、そして家庭という集団に属しています。個人でいろいろと集団を持っており、それぞれに属しています。サッカーにおいては、価値観が似ている人が集まるので、より訓練(学び)はやりやすく、やり甲斐もあります。

同じ価値観を持った仲間と同じ目標のもと、共生を学ぶためにサッカークラブを活用して欲しいと思います。

子どもからすると、理解するのは難しいかもしれないことも失敗を繰り返して「この時はこうするんだ」「これをしたらだめなんだ」などと実地で学んでいくのですが、今は子どもが学ぶ前に、親が出てきてしまうため訓練ができていない様に感じます。

子どもは経験が足りないので、失敗するのは当然です。大げさに言えば、失敗する権利を持っています。それに対して大人が「何してるんだ」と叱るのは妙な話です。そう理解すると「子どもは失敗権を行使してるんだな」ぐらいの気持ちで、心を落ち着かせて、向き合えるのではないでしょうか。

もちろん、同じ失敗を繰り返さない努力は必要です。失敗してもいいよと言いつつ、同じことを何回もすることは直したいものです。そこに考える力や、指導者が誘導する力が求められます。手を替え品を替え、やり方を工夫するのです。

その時に大事なのが、いかに選手の話を聞くかです。何をしたかったのか、どう考えたのか……。答えられない子がいたら、「思いついたら教えてね」と、その場で返事を要求せず、時間をおいてまた話をすれば良い。それを繰り返すと、「あのね、僕ね……」と言うようになって来ます。

物事は角度を変えると、丸く見えることもあれば、四角く見えることもあります。

そのため質問する能力、いわゆる「質問力」が大切です。

自分にも常に「なぜ?」を問いかけましょう。

そもそもなぜこの子はこうするのか、なぜこういうプレーをしたのか、なぜいつもこの場面でドリブルしたがるのか……。「なぜ」という問いかけは、物事を掘り下げていくための効果的なワードだと思います。

相手が子どもであろうと大人であろうと、明確な答えを見つけるのは難しいものです。「これをこの時間、これだけやったらこうなる」という単純な方程式ではありません。その意味では、指導者として成長するということは、一生求め続けていかなければならないのかもしれません。

愛の反対は無関心

私の好きな言葉に、マザー・テレサの「愛の反対は無関心」があります。

サッカーは相反するものの組み合わせが大切なスポーツです。緩急、右左、速い遅い、上下など、色々な物を組み合わせることで、相手の逆や背後を取り、チャンスを作り出すことができます。ゴールを決めるにはそれが必要で、そうさせないようにするのが守備です。相反するものの組み合わせはとても重要なのです。

サッカーはチームでやるからこそ、仲間を大事にしなければいけません。

友情、愛情など、色々な表現がありますが、それらを人間愛と考えたとき、愛の反対は何でしょうか？　多くの人は怒りや憎しみを思い浮かべるでしょう。

マザー・テレサは「無関心」だと言いました。言い得て妙です。

無関心が愛からもっとも遠いものだとするならば、人に関心を持つこと、人を好きになることは非常に大切なものだと言えます。別に積極的に声をかけなくても「あの子があんなことしてる」と気にかけるだけでも良いと思います。

サッカーの練習中、特に気になることがあります。シュート練習などで飛んでいったボールを、スタッフが拾う場面を想像してください。シュートの順番を待っている選手がいて、ボールが転がってステーションに戻って来る時、すぐそばを転がっているのに知らん顔で、ボールを止めてスタート位置に集めようとしないのです。ほんの少し気にかけて足を伸ばせば、ボールを止めることができるのに……。そうすれば、スタッフもボールを集めに奔走せずに済みます。残念ながらこれはプロ選手でも子どもたちでもよく見かける光景です。

なぜそれができないのだろうと、ずっと疑問に思っています。自分が蹴ったボールではないかもしれないし、関係ないかもしれません。しかし仲間がボールを拾って集めようとしているのだから、少しくらい協力すればいいのに……。あるいはボールを転がす方も、「○○！」と近くにいる選手に声をかけて、そこに向かって蹴れば済むのに……と思います。

今の時代、そのようなことが多くなりつつあるのではないでしょうか。試合中も名前を呼ばず、「分かっているだろう」プレーが横行しています。こちらが勝手に「分かっているだろう」と思っているだけで、相手は気づいていないこともよくあります。

これでは、チームビルディングはできません。もう少し、人に興味を持ってほしいです。人を好きになる必要はありませんが「あいつがボールを拾っているな」「誰かが走っているな」「あいつがグラウンドにとんぼをかけてくれているな」など、気づいてあげるだけでいい。

コーンを片付けている人がいたら「半分持つよ」と手伝ったり、水筒やボールを持ちながら片付けていたら、「水筒持ってあげるよ」くらい言えばいいのにと、最近は特に感じます。

そのような気遣いは全てに通じます。「きつそうだから、サポートに行ってあげよう」「相手がここにいるから、こっちに動いてマークを引き付けてあげよう」という気遣いは、サッカーに必要な要素です。

サッカーの場面でよく「オン」と「オフ」という言葉を使います。オンがボールを持っている人、オフがボールを持っていない人を指します。

サッカーに重要なのはオン（ボールを持っている人）と思われがちですが、年齢が上がれば上がるほどオフの動きが大切になり、オフこそがサッカーの質を上げるために重要なことです。

ボールを持っている人を助けるために、ボールを持っていない選手（フリーな選手）が並走したり、追い越して行くからこそ、ボールを持っている人へのプレッシャーが軽減されるのです。

よく例として挙げるのは、ラグビーやアメリカンフットボールです。味方選手のために、チームメイトが相手選手を抑えて花道を作り、そこを駆け抜けてトライやタッチダウンをします。サッカーも同じです。直接抑えたらファウルになりますが、おとりの動きをすることで、ボールホルダーは優位な状態になり、ドリブルやシュートに持ち込むことができるのです。

言う口と聞く耳

コミュニケーションにおいて、自分の意見を言ったところ、相手が聞き入れてくれないのは、言い方に問題があるからかもしれません。

聞く側も面倒くさいと思わず、相手の意見を聞く姿勢を持つこと。両方がマッチしてこそ、気持ちよく意見交換ができます。

サッカーをする子は自我の強い傾向にあるので、コミュニケーションが一方的になりがちです。だからこそ言い方に気をつけて、言われた側も「聞き方」に気をつけたいものです。

子どもたちの様子を見ていると、「その言い方じゃあ、誰も聞いてくれないよ」という光景を見かけます。サッカーを使ってコミュニケーションの取り方、話の進め方を教えることも、指導における重要な要素だと感じています。

サッカーの戦術は、後になってからでも身に付けることができます。相手の意見を聞き入れる素地さえあれば、戦術は後から知識として入れ、実行すれば良いのです。

知識として物事を解釈するためには、受け入れる素地が大切で、「言う口と聞く耳」の両方を持ち合わせなければいけません。

とはいえ、相手は子どもです。こちらがあれこれ話をして、「はい」と返事をしたので「分かってくれたか。これで次からは大丈夫だろう」と思っても、すぐにできるようにはなりません。だからこそ指導者が手を替え品を替え、諦めずに繰り返し、何度も実践していかなければならないのです。それも指導者の大切な仕事だと思います。

こぼれ話⑥

帽子を取るのはなぜ？

授業中や集合した時に「帽子を取りなさい」と大きな声を出す先生、いませんか？

昨今は個人の身体的理由などにより、脱帽を強制するケースは減って来ましたが、そもそもなぜ、帽子を取らなければならないのでしょうか？

エチケット違反だからでしょうか？

ではエチケットとは何でしょうか？

おそらくこれは、武士道精神の習慣の一つだと思います。剣道を習っていた時に、教えられたことがあります。正座をして相手と向き合い、試合が始まる際、竹刀は自分の左側に置きます。そして試合後や相手に対して敵意がない時、または目上の人と向き合って話をしている時などは、竹刀を自分の右側に置く、慣わしがあります。

右利き左利きは考えず、竹刀は右手でいつでも瞬時に抜ける（相手に対応できる）様に訓練をしているのです。ですから、安心できる人の前では左に置く必要がありません。つまり「あなたを信頼しています」という意思表示でもあるのです。

それと同様に、武士は戦の時は兜を被るのですが、信頼している人の前では脱ぎます。被る必要がないからです。

その名残として、明治以降の富国強兵制の時代に、礼儀の一環として、帽子を取ることを強要されたのだと言われています。

エチケットといえばそうなのでしょうが、我々はそもそもの理由を知らずして、言葉を使うことは控えた方が良いかもしれません。使うならきちんと調べてからにしましょう。

※諸説あります。

指導論

8

各カテゴリーで教えるべきこと

これは私の指導経験ならびに息子を見てきた実感から、ほぼ間違いないと思うことなのですが、各年代で教えるべきものは、次のとおりです。

【小学生年代】

◎サッカーを一生続けたいという思いを育む

◎ノープレッシャー下ではパーフェクトスキルを目指す

◎1対1（攻守とも）を学ぶ（3対2、4対4のベース）

◎保護者との協力

◇様々なボール操作技術（目的を意識したファーストタッチなど）

◇ボールを奪う技術（ステップ：体をボールと相手の間に入れる）

◇ボールインパクト技術（キック時にインパクトポイントでボールを捉える）

◇ステップワーク（足の運び方→運動能力の向上）

◇バネ　（瞬発力）
◇アウトサイドターン・インサイドターンの両方を使える様にする
◇3対2を学ぶ　（攻守における原理原則を学ぶ）
◇周りを観る習慣　（いつ、どこを、何を、どのように）
※ボールをもらう前に見ておく習慣付け

【中学生年代】
◎ノープレッシャー下ではパーフェクトスキル
※動いているボールに対するファーストタッチ→足元に止めないで常に動かす
◎大人のサッカーへの入り口→サイズ・走力・速さ・強さの変化に順応
◎体力・体格差が大きい年代→個別への対応・観察
◎オーバーユース障害への配慮・対処
◎第二次成長期への配慮・対応
◎保護者との協力
◎中学校への配慮・対処
◎自立・自律に向けてのサポート
◇キックの精度　（ミート力と飛距離）
◇周囲観察力を多人数の中で養う　（いつ、どこを、どのように観る?）

◇戦術の理解
◇WMシステムの採用により、サッカーに必要な原理原則を理解する

※オフの良い準備
（11人制サッカーにおけるポジションの役割）
※様々なポジションを経験して必要なスキルを学ぶ

↓センターフォワードの役割
クサビの受け方、動き方　※斜め前に流れるなど
シュートを意識したファーストタッチなど

↓ウイングの役割
パスの受け方　※角度・距離
縦突破　※突破力・コンビネーションプレーなど
クロスの精度　※強さ・角度・タイミング・球種

↓インナーの役割
2列目の飛び出し
センターフォワードのフォローなど

↓ハーフの役割
守備ライン前のリベロ
左右のカバー（つるべの動き）
背中で守るなど

↓3バックの役割理解

相手へのマーク　※距離と角度

後ろで余らない

チャレンジの強さ　※フェアに奪う

カバーに入る速さ　※予測・タイミング

フィード力　※ボール　※キックの精度・飛距離

↓ゴールキーパーの役割理解

自身でプレーができなくても役割は理解する

※フィールドプレーヤーの一人としての役割

◇4バックの理解

システムで何を学ぶのかを明確化

※システムによる違い、ポジションの役割など

◇プレーの連続性と持続性

持久力の向上↓ワンプレー終わった後に休まない

※呼吸循環器系・筋持久力・スピード持久力・全身持久力強化の導入

【高校生年代】

◎U－15年代までに身につけた能力を、トレーニングによってスケールアップさせる

◇より速く判断する

※周囲を観て考える速度と、その情報を元に動き出す速度を速くする

◇より速く動く
※攻守において、ボールのないところで相手より一歩速く反応し、先手を取る
◇より強い対人力
※ぶつかり合い、競り合いで負けない
◇些細な瞬間の守備の強度、攻撃の強度を落とさない
※指導者がちょっとした瞬間を逃さない目を持つ
チーム（集団）で活動する頻度が増すので、仲間との共生・共闘で課題を解決する姿勢を高める
タイトルマッチがたくさんあるので、試合ごとの振り返りや次の試合のための課題、目標設定を怠らない。

小学生年代はサッカーを続けたい思いを持たせる

小学生年代では「サッカーを続けたい！」という思いを持たせることが、何よりも大切です。技術面では、プレッシャーのない中では、パーフェクトなスキルの習得を目指します。フィジカル面では、持久性に関する負荷はそれほど高くなくても良いのですが、ステップワークや瞬発力など、身体の巧緻性を養うことが重要です。

ボールを扱うスキルでは、イニエスタ選手のようにアウトサイドターンを使える様になって欲しいです。昨今の少年サッカーでは、正対した1対1の状況で、インサイドターン（親指側を使い、ボールを指先に引っ掛ける）を使ってかわそうとして、相手にぶつかったり、奪われる場面をよく見ます。

インサイドターン自体は悪いプレーではないのですが、相手との距離や相手が立っている位置、もう一つ後ろの相手（カバーリングに来ていないか）といったものを観て、判断しなければいけません。しかし多くの場合は、そんなことはお構いなしに、相手に突っかかって奪われることが多いです。

簡単にボールを失わないためには、相手に奪われないための工夫をし、相手との位置関係を察知することが大切です。試合中に考える時間はほぼないので、自然と体が反応する様に、繰り返しトレーニングするしかないのです。

もう一つ気になるのが、相手を背負った状態の1対1の場面です。相手を背負っていると後ろが観えないため、情報が少なくて不安です。

その際に、相手からボールを隠して、アウトサイドターンで相手をブロックしながら前を向くのですが、その時にボール操作を誤り、ボールと自分の体との間に入り込まれ、ボールを奪われることが多いです。相手とボールの間に自分の体を入れることは、サッカーの普遍スキルです。そこにもっと目を向けるべきではないでしょうか。

戦術面で大切なのは、3対2のプレーを身につけることです。神戸FCの先輩で元滝川第二高校監督・黒田和生先生は「小学生の間は3対2を習得する事が大切だ」と言っていました。この考え方は男女問わず、プロでもアマチュアでも、レベルや年齢に関係なく、サッカーに必要なものだと思います。

日本サッカーの祖である、デッドマール・クラマーさんは「ルック・アラウンド（周りを観る）」「シンク・ビフォア（考えておく）」「ミート・ザ・ボール（ボールを迎えに行く）」と言った言葉を残してくれました。

50年以上経った今でも、これらが十分に浸透しているとは言えません。コーチングスクールの指導実践現場で、パスが緩くてインターセプトされると、指導をしていたコーチがパスの出し手に「もっと強いボールを出そう」と言います。それも間違いではありませんが、受ける方も何かできることはないかと考えるべきです。それがクラマーさんの言う「ミート・ザ・ボール」。ボールを迎えに行くということです。パスが緩くて相手に取られそうだと思ったら、受け手もボールに寄って行き、相手より先にボールに触れることが大切です。しかし指導実践の現場では、このような指摘はほとんどされません。パスを成功させるためには、パスの出し手と受け手の両方に要求することがあるはずです。

このような、サッカーに普遍的な部分をおざなりにして、「フォーメーションだ」「戦術だ」「立ち位置だ」と言うのではなく、ベースのところは小学生の時に教えておかなければなりません。

多くを学ぶことができる3対2

3対2の中には、クラマーさんが言っていた「周りを観る」「ボールをもらう前に考える」といった要素が含まれています。

また、フォワード3人の、昔で言うクロス攻撃や二線速攻といった基本のパスワーク、個人でのドリブル突破も学ぶことができます。ボールを持っている人がディフェンス2人の間に向かってドリブルをすると、相手が寄ってくるので、サイドにスペース（フリーな味方）ができます。そこにパスを出せばチャンスは広がります。

一方、ディフェンスは1人がボールホルダーにアタックし、もう1人がカバーリングする、相手をサイドに追いやるといった、数的劣位ながらも追い込んでボールを奪うことを、3対2を通じて学ぶことができます。

日本サッカー協会は「クアトロゲーム」という名前で4対4を推奨し、戦術を構成する最小限の人数は4人だと言っています。それも間違いではないと思いますが、3対2の攻防は単純明快でわかりやすく、複雑になりすぎないところがいいと思います。

小学生年代では、4対4や3対2のトレーニングを通じて、戦術の導入の部分、たとえば、いつドリブルで仕掛けるのか、相手をよく観てプレーすることなどを身につけていくのがいいのではないかと思います。

そして中学生年代になると、パーフェクトスキルを継続しつつ、キックの精度を高めることが重要だと考えています。足にボールを当てる訓練は、小さい時にやっておく必要があります。「神経系が発達する小学生のときに、技術のトレーニングをたくさんすることが大事」というコーチングスクール、発達発育の講義の教えがありますが、これはドリブルだけでなく、足にボールをミートさせる「キック技術」にも同じことが言えます。そのため、せめて中学1年生になったら、キックの反復練習をした方がいいでしょう。

中学1年生を見ていると、まだパワーはありませんが、強いボールを蹴ることのできる子はいます。ただし、ボールがつま先に当たったり、外に流れてしまうことがあるので、こういった点は反復練習をすることで克服していきます。

飛距離は筋力とともに伸びていくので、中学年代ではミート力を重視しましょう。パスがつながらないとサッカーになりません。戦術を実践するには、キックの精度は必要不可欠です。

中学生にはWMシステムが最適

周りを観る力を養うこと、戦術の理解を深めること、ポジションの役割を理解することも重要です。小学生年代では8人制サッカーの導入により、11人制のサッカー、ポジションの理解が遅れています。別に早める必要はありませんが、だからこそ中学に入ったら、ポジションの役割をしっかり伝える必要があります。

イタリアやドイツでは、小学生年代からポジションを決めて、そのポジションに必要な技をドリルでトレーニングするそうです。ポジションごとの役割があって、必要なプレーモデルがあり、そのために必要なスキルをドリルで身につけていくという考え方です。そして様々なポジションを体験しながら、必要なスキルを学ぶそうです。

日本は逆で、一通り技を身につけてから、どのポジションでプレーするかを決めます。私は日本のアプローチ方法に関して、見直した方がいいのではないかと思っています。

私は中学1年生に対しては、WMシステムを導入しています。その意味でも、中学生になったときには、ポジションの役割やそのために必要なスキルを整理して、教えてあげたいと思っています。サイドバックとセンターバックでは、求められる能力やスキルが全然違います。WMシステムについては、神戸FCの創設者の一人でもある、サッカージャーナリストの賀川浩さん（故人・元サンケイスポーツ編集局長）から教わったものです。

WMシステムは、キーパーの前にスリーバック、その前に2人のハーフ（現代風に言えばボランチ）、さらに前に2人のインナー（インサイドハーフ）、インナーの前に右ウイング、左ウイング、センターフォワードを配置します。中盤がボックス型で、フォワードとインナーを線で結ぶとWの文字になり、ハーフと3バックを線で結ぶとMの文字になるため、『WMシステム』と呼ばれています。現代で言う3－4－3システムに似ています。

このシステムの利点は、ポジションの役割を覚えるのに適していることです。サイド、センターの動き、インナー選手のカットインやオーバーナンバープレー（相手より人数が多い状態でのプレー）、ハーフ選手2人の横の動き（互いのカバー）、フォロープ、背中での守り（コースを切って縦パスを入れさせない）、最終ラインへのカバー、スリーバック選手のお互いのカバーリングやラインを揃えることなど、サッカーに必要な戦術的原則がたくさん含まれています。

賀川さんが面白いことを言っていました。WMの一番の利点は、ウイングの選手がドリブルで切れ込んだ時の動きにあるそうです。

例えば、右サイドの選手がタッチライン際を突破して、相手ゴールライン手前あたりでクロスを上げる場面を想像してみてください。あなたが選手だとしたら、点を取るために、相手ゴール前のどの辺りに入り込みますか？

（1）プルバックして、後ろ目のペナルティエリアに入ったあたり（マイナスボール）
（2）ニアのゴールポスト手前、ゴールキーパーの前（アーセナルゴールエリア）
（3）ペナルティスポットよりやや後方、ペナルティエリアに入った辺り
（4）クロスが逆サイドに抜け出たときに備えて、反対サイドのペナルティエリア内

いずれかに当てはまると思います。そして一つ目の場所には右インナー選手、二つ目の場所にはセンターフォワード、三つ目の場所には左インナー選手、四つ目の場所には左ウイングの選手が適任です。

これらの点を取るために入り込む場所を線で結ぶと、Ｗの文字になるので、誰がいつ、どこに入り込むのかを覚えることができるのです。

昨今、ゴール前で待ち構える子どもは「おいしいところ」という表現でも見られる様に、ボールの方からやって来るパスを要求しがちです。

それも大事なポジショニングですが、ポジションの役割を覚えるという意味では、そればかりではダメです。システムから学ぶべきことはたくさんあります。

賀川さんが「サッカーで狙うべきセオリー（の場所）は、ＷＭシステムで抑えることができる」と、図を示して教えてくださった時は、目から鱗が落ちました。

3バックから学べること

ロヴェストの中学生はWMシステムを実践していますが、まだまだ課題があります。例えば、相手のフォワードが入ってくると、ディフェンダーが下がりすぎてしまい、3人で2人をマークして、1人が余ってしまうことがあります。そうすると逆サイドの大外のスペースが空くので、そこへ自チームのFW（ウイング）の選手がゴール前まで、戻って来てしまうことがあります。

そうならないために、3バックの1人がサイドに出たボールに対処している時には、ボランチが中盤から降りてディフェンスラインの間を埋める（カバーする）といった役割を理解させています。しかし、目の前の相手だけしか観ていない場合だと、十分に機能しません。

中学1年生は、数ヶ月前までは小学生です。8人制サッカーに慣れ親しんできたので、11人制のシステムでの動きを習得するには時間がかかります。このシステムを通じて、サッカーの基本的な戦術や位置取りを学んでいって欲しいです。

8人制サッカーでは、1－3－3－1や1－4－2－1のようなシステムを用いますが、システムは全てを網羅する完璧なものではありません。大切なのは、そのシステムで何を学びたいかを明確にすることです。数字合わせのように、1－4－4－2などを採用しても意味がないのです。

後方の人数を増やせば、失点を防ぐことができる訳ではありません。育成年代では、そのシステムでどんな役割を勉強するのか、システムを使って何を学ぶのかを明確にする必要があります。システムによって、出やすい現象も変わってきますから。

例えば、1－4－4－2の場合、人数をかけて守ることができますが、あえて3バックにして、サイドの1人が相手に引っ張り寄せられたときに、逆サイドのスペースが空くような状況を作り、「この場合はどうする?」という疑問を投げかけて、解決を促すことが大切です。無難に「人海戦術で守れた」では勉強にはならず、成長にはつながりません。中学生年代では「システムを通じてプレーを学ぶこと」にアプローチすることが大切だと思います。

小学生年代では、少なくとも隣の人と連携して、2人の関係性でプレーすることを目指しましょう。そして、できる子には2人だけではなく、3人の関係性でプレーすることを求め、それに対してジャッジをしてあげると良いと思います。

ハーランドの動きだけを追う

システムについて、センターフォワードの仕事やウイングの役割について説明しましょう。センターフォワードは、いわゆる「おいしいところ」で待っているだけではいけません。私はマンチェスター・シティの試合を見るときに、ボールの流れとは別に、ハーランド選手の動きだけを目で追うことがあります。

彼の動きを観察すると、ウイングの前に流れて縦パスをもらったり、ウイングが突破を図った後は素早く戻って、次のプレーに備えたり、ウイングがクロスを入れるタイミングでスペースに走り込んだりと、多彩な動きでシュートチャンスを伺っています。決して、ゴール前のおいしいところにいて、楽をして点をとっている訳ではありません。

ロヴェストでは「二線速攻」という練習をさせていますが、なかなかスムーズにできません。これはいわゆる「ジグザグパス」と呼ばれるもので、まず一人が真横の味方にパスを出して、相方の斜め前方に走り、縦パスをもらいます。パスを出した相方も斜め反対側に動いて、横パスを受けます。このように「出して斜めに動く」を連続して行うパス練習です。二人が交差しながら、ボールは90度、縦横に動いていきます。しかし今の選手たちは、これに取り組むと、タイミングを合わせることができないのです。パスを出してから急いで動いたり、慌てて蹴ったりして、ボールの動きが乱れてしまいます。綺麗な「コの字」を描けないのです。

「そんなに慌てなくていい」「こっちの子が端に到達して、準備ができたらパス＆ゴーしなさい」と言ってもできません。味方のタイミングを観て、動くことが難しいようです。使い古された練習かもしれませんが、今の時代、こういう練習こそ大事だと思い、中1の選手に取り組ませています。

時間をかけて繰り返しトレーニングすることで、だんだん上手くなってきました。サッカーはタイミングを合わせることが大切なスポーツです。祖母井さんが言った「ブリック・コンタクト」と同じで、味方が動いたときにパスを出すのです。

今の子はボールコントロールのスキルが高いので、このようなプレーができるようになると、さらに良くなります。ハーランド選手の例をあげましたが、味方の斜め前に走るプレーも、このようなトレーニングを疎かにしないことで身についていくのではないかと思います。

ポジションに必要な任務

ポジションごとの役割を教える時にも、システムがベースになります。

たとえばウイングは専門職で、縦の推進力やクロスの質が重要なポジションです。個で突破することが求められるので、スピードも大事な要素です。

インナー、いわゆる2列目の役割は多岐にわたります。攻撃時にポイントになるのが「2列目の飛び出し」です。フォワードが潰れて、スペースが空いたところに入っていくのが、インナーやハーフの役割です。

守備面では「背中で守る」ことも欠かせません。相手に縦パスを入れさせないようにパスコースを切り、守備の立ち位置を学ぶことが大切です。

現代サッカーで言うダブルボランチの役割として、お互いのカバーリングや、一方が前に出たら、もう片方が空いたスペース埋めるといった動きも重要です。

ボランチには、最終ラインの前のフォアリベロのような役割もあります。背中で相手のパスコースを切りながら、センターフォワードへのパスコースを遮断する。ディフェンスラインが引っ張り出されたら、カバーに入るといった動きも求められます。

こういった役割を、ポジションに必要な任務として覚えて欲しいのです。

2024年、ロヴェスト神戸U-13試合

そして、どの様なシステムであっても、選手に求められる普遍的な要素は変わりません。私は講習会などで事ある度に「普遍的要素」「不変的要素」の話をします。「普遍」とは、全てに共通に存在するもの。「不変」とは変わらず、ある状態を保つことを言います。

例えば、周りを観ることやファーストタッチ、パス&ムーブ、ミート・ザ・ボール、ボールをもらう前に考えるといった要素は、どのような年代であっても必要なこと。つまり普遍的な要素です。

日本の多くのチームが1－4－4－2や1－4－2－3－1、1－4－3－3などの4バックシステムを採用しています。両サイドバックが上がって2センターバックが残っていると「チャレンジ&カバー」のような立ち位置になりやすく、センターバック2人のうち、どちらかが余りやすくなります。

私はそうしないほうが良いと思っています。リスクマネジメントの観点からも、余ってはいけません。イメージしてください。相手選手がシュートを打とうとした際、こちらのセンターバックの1人が前、もう1人が後ろにいます。前の選手がシュートブロックに行ったがボールに触れず、シュートが通過して来ました。その際、2人目の選手はゴールキーパーの前にいることが多いので、その選手に当たってゴールに入ってしまうことがあります。

日本では何かに当たってゴールに入ることを「ディフレクティング」と言います。これは主にゴールキーパー用語として、手で弾くプレーを表す言葉です。イタリアではこれに似た言葉で、(守備者に)当たり、シュートがゴールに入ることを指す「ディビアッツォーネ」という表現があります。

単なる不運ではなく、そこにいるから当たるのです。もう一歩前に出ていれば、相手選手にもっと寄せていれば、体に当たって（コースが変わる程度ではなく）弾けたかもしれません。また、ゴールキーパーが反応する余地（距離と時間）があったかもしれません。必ずしもそうなるとは言い切れませんが、そもそもシュートを打たれる前に距離を詰めれば、シュート自体を防げるわけです。

余り癖のついたディフェンダーは、後々苦労することが多いです。特に育成年代では絶対に「余るな」と指導するべきで、悪い癖がつかないようにしなければいけません。

選手の立場からすると、後ろにいるから全体が見え、フリーなので余裕があると思いがちです。味方が抜かれたときはカバーに行けるので、後ろでカバーしたい（余りたい）気持ちもわかります。しかし、とくに若いうちは、相手にシュートを打たせないことにチャレンジすることが大切なのです。

WMシステムの場合、最終ラインは3バックです。3バックの場合、3人で最終ラインを守らなければいけないので、1人が余るというよりは、3人がフラットな状態でプレーすることが求められます。

そして逆サイドのバックが慌てて戻らなければならない状況になったら、ボランチが下がって最終ラインのカバーに入るように指導します。最終ラインが4人の方が守りやすいのであれば、ボランチを1人下げるなりしても構いません。

ただし、そうするためには、相手チームの様子をしっかり観ることなくしては成り立ちません。サッカーは試合中、状況が刻一刻と変化するスポーツです。相手を観て、状況を認識し、「自陣にスペースができているから、中盤の選手を1人下げよう」といった判断を促すために、あえて難しい3バックというハードルを課して、みんなで解決させるのです。

私が指導をするときは、中学1年生の頃は3バック、中2の夏から秋にかけて4バックにします。3バックの時にポジションの役割を学んでいるので、4バックになるとやることが明確になり、後々、楽にプレーすることができます。この方法は神戸FCでも、ヴィッセル神戸で指導をするときも採用していました。

私はかつて、瀧井敏郎先生（東京学芸大学監督：2019年退官）が『サッカーマガジン』に連載していた、戦術に関する記事を中学生に読ませ、勉強会をしたことがありました。ポジションや役割の普遍的なことが書いてある、素晴らしい連載でした。勉強会とトレーニング、理論と実践を組み合わせ、ポジションの役割や戦術的な理解を深めるようにアプローチしていました。単にシステムを教えるだけでなく、なぜそのシステムを採用するのか、各ポジションにどういう役割があるのかを理解させることが重要だと感じていたからです。

より早く、より強く、連続的に実践する

高校年代になると、それまでのベースを、より早く、より強く、連続的に実践することを重視します。私がヴィッセル神戸U－18を指導していた時期は、まさにその考えを実践していました。

なかでもプレーの連続性については、口やかましく指導しました。「止まるな、やめるな、続けろ」と連呼していました。ミスをしたときに「ああ」と上を向く選手に対しても「ああ！じゃない、続けろ」と言い続けました。戦術的な指示以上に、それを徹底して言い続けました。もちろん、走らない選手には厳しく指導もしました。

印象深い例があります。私がU－18チームを指導していた頃、1年生ながらサイドバックのスタメンとして出場していた選手がいました。将来有望な選手で、トップチームへの昇格についても検討した選手でした。

公式戦でのことです。彼が相手フォワードへアプローチし、相手がボールを下げたら、「戻れ！切り替えろ！」という指示に従って、走り続けていました。

ある時、ライン際の相手選手にアプローチをした後、フィールドに戻らず、アプローチそのままにタッチラインの外に出ていったことがありました。何をしているのかと思ったら、ピッチの横で嘔吐していたのです。しかしすぐに戻り、全力でプレーを続けました。彼自身それほどまでに、走ることへ意識を向けていたのです。

当時はいかなる状況でも、走ることを重視していました。走れなければ戦えません。基礎体力がなければ、試合に出場することすらできません。

彼らはプロになるのが目標ではなく、プロになって試合に出場すること、レギュラーになり、中心選手になることを目標にしています。そのために、少しでも手を抜くようなことはさせず、高いレベルを見据えて指導していました。

この年代では、持っている力をさらに磨き、強め、連続させることが必要です。最近では「強度」という言葉で表現されますが、それが身についたチームは強くなります。そして、それを身につけないと10代でJリーグでデビューすることはできないでしょう。

実際、当時のヴィッセル神戸U－18は、田中隼磨、坂田大輔、榎本哲也という、世代別代表選手を擁した横浜F・マリノスユースに勝ち、Jユースカップで優勝することができました。

情熱があれば、言葉の壁を越えられる

私が神戸FCで指導者になって、2、3年目の頃でした。大学出たての若造でしたので、子どもたちが不甲斐ない試合をすると、不機嫌そうな顔をするわけです。「君達は俺の顔色を見て、（これはやばいぞ、コーチ怒ってる）と察して、自分たちで律して頑張れよ」といった雰囲気を出していました。

するとある日、教え子のお父さんに「飯を食いに行こう」と誘われ、こんなことを言われました。

「お前なぁ、試合中に子どもが悪いプレーをすると、ブスっとした顔をしているけど『俺の顔を見て、空気を察して律しろよ』なんて思っているんじゃないだろうな？　そんなこと、子どもにできる訳がないぞ」

大学生であれば、監督の顔色を見て「やべえ」と言って、頑張るかもしれませんが、小学生には無理な話です。

そう言われて、自分が情けなくなったことがありました。

他にはこんな経験もしました。マーチンというドイツ人の子に、多くのことを教わりました。

神戸大学にドイツ人の先生が赴任し、その先生の息子のマーチンが「サッカーをしたい」と、神戸FCを訪ねてきました。

通常はサッカースクール経由で強化チームに入れるのですが、サッカースクールは土日しかやっておらず、ボランティアコーチにドイツ語しか話せない（言葉が通じない）子を教えるのは負担が大きいということで、私が担当する強化チームに入れて、平日も土日もトレーニングすることになりました。

上司から「お前、大学の第二外国語でドイツ語を習っていただろう」と言われても、喋れる訳ではありません。マーチンは小学4年生でしたから、母国語以外は話せず、英語も通じませんでした。

私はなんとか意思疎通を図ろうとするのですが、まったく上手くいきません。

「パスをしたら、ここへ移動するんだ」と言っても、マーチンの顔には？マークが浮かんでいます。ジェスチャーを交えて伝えようとするのですが、どうにも理解してもらえないのです。

ところが同じチームの子たちが日本語で話して、手を引っ張って、こうするんだよと教えると、マーチンは理解して、私が何も言わなくても動き出したのです。

その時に感じたのは、言葉を並べるだけでもダメだということです。身振り、手振り、熱があれば、言葉の壁を越えて伝わるのだと、子どもたちから教わりました。

若造だった私に助言をくれたお父さん、そしてマーチンとの出会いは、私が大学生から大人、日本から海外へと視野を広げ、変わることができたきっかけのひとつでした。それからというもの、持っている知識や経験をアウトプットするためにも、相手をよく見て、手段を使い分けることが大事だと感じ、アクションを起こすようになりました。

こぼれ話⑦

兵庫県出身3名がロシアワールドカップメンバーに

ロシアワールドカップのメンバー23人の出身県を調査したところ、最多輩出県は兵庫県の3人でした。

・岡崎慎司／兵庫県宝塚市出身
（宝塚ジュニアFC→滝川第二高校）

・香川真司／兵庫県神戸市出身
（マリノFC→神戸NKSC→FCみやぎバルセロナ）

・昌子源／兵庫県神戸市出身
（フレスカ神戸→ガンバ大阪U-15→米子北高校）

兵庫県サッカー協会技術委員長として、2009年に10ヵ年計画を提唱しました。その中に「2018年のロシアワールドカップメンバーに、兵庫県出身選手を3名輩出する」という目標を設定していました。

2010年大会のメンバーには岡崎慎司選手が、2014年には岡崎選手に加えて香川真司選手が選出されており、10年計画の最終年に行われるロシアワールドカップは、誰がメンバーに入るか？といった状況でした。

結果、源が選出され、兵庫県から3人目が誕生。父親が唱えた10年計画の目標を、息子が叶えてくれたのです。この3人が同じ場所に集うことはなかなかないのですが、ロシアの日本代表チームのキャンプ地にて、集まることができました。

保護者の皆さんへ

9

成人年齢について知っていますか？

私が育成年代の指導を始めて、40年が経とうとしています。40年も経てば時代が変わります。文化が変わり、思考も変わり、それに対処する道具も進化します。

道具が進化するから、文化や思考が変わるのでしょうか。例えばスマートフォンの影響で、子どもたちの生活様式は大きく変わりました。

私の娘や息子が中高生の頃は、スマートフォンを所有しているケースは少なかった様に思います。世間の風潮に流されて、子どもから「買ってくれ」「持たせてくれ」といった要望は頻繁にはなく、結果、大学生になってから持つようになりました。

何より戸惑うのが、2022年4月1日より実施された、成人年齢引き下げ（20歳から18歳に引き下げ）ではないでしょうか？（選挙権は2015年に引き下げ実施済み）

小中学生を持つ親御さんにとっては、まだ直接的な影響は少ないと思いますが、成人年齢が18歳になったことで、色々なことに影響が出て来ています。

18歳が成人になったためにできる様になったこと、そしてまだできないことがあるのはご存知でしょうか？

成人年齢が18歳になったことで、親の同意がなくても以下のことができます。

・携帯電話の契約
・クレジットカードの契約
・賃貸住宅の契約
・ローンの締結
・結婚（結婚可能年齢を男女ともに18歳に統一）
・選挙権の発行（2016年より）
・国家資格の取得
・10年有効パスポートの取得
・性同一性障害における性別取り扱い審判の申請

○20歳にならないとできないこと

・飲酒
・喫煙
・競馬、競輪、競艇、オートレースの投票券（馬券）購入
・養子縁組
・大型、中型自動車免許の取得

・国民年金被保険者資格

きちんと把握していないと、家族会議の時に論理的に説明できないかもしれません。ぜひ知識として、頭に入れておくことをお勧めします。

30年前には見られなかった、保護者の言動

私は長く大学生の指導をしており、小中学生年代のサッカー現場に足を運ぶ様になったのは、2020年の頃からです。この5年間で感じることはたくさんあります。

次に挙げる項目は、私が子どもを指導していた30年前には、ほぼ見られなかったことです。

◇平日のトレーニング現場で、子どもの活動を見学に来ている父親が多い

◇スクール体験練習会、参加申し込みについて、父親からの問い合わせが多い

◇平日スクール練習前、グラウンドで父親が子ども相手にボールを蹴るケースが多い

（平日の15〜16時頃にもかかわらず）

◇練習中のグラウンドに親が入って来て、練習を見学するケースが多い

サッカー協会に登録して、公式戦等に出場している所属チームがあるにも関わらず

◇自チーム以外のサッカースクールに複数（掛け持ちで）通っている
◇自チームを辞めて、他チームに移籍する頻度が多い
◇自チームのサッカースタイルに関して、ドリブル思考型なのかパス思考型なのかの問い合わせが多い
◇他チームセレクションの受験依頼において、電話ではなくＬＩＮＥで簡単に済ます
◇クラブチーム間の選手移籍に関して、双方の指導者が連絡を取り合わない

まだまだ事例はありますが、一昔前とは違う様相が見て取れます。

何が良い、悪いではないのですが、いつの時代も「変わらずにありたい」と思うことはあるものです。

私個人が感じているだけなのかもしれませんが、大事な要件を伝える、頼み事をしたい時には、顔を合わせながら話をするとか、少なくとも電話で（キャッチボールができる状態で）会話をしながら進める様にしたいものです。

昨今は、お願いしたい内容がメールやＬＩＮＥに書かれていて、ポンと送られてきて終わりのケースがとても多いです。

例えばこんなことがありました。「〇〇チームのセレクションに行きます。申し込み用紙を持って行くのでサインしてください」といった文章がＬＩＮＥで送られて来たのです。

世の中には退職代行サービスというものが存在し、自分で会社に退職の意思を伝えられない人の代わりに、退職の意思を伝えてもらうシステムがあります。

これらは一概に悪いものではなく、退職を言い出せない環境にある人にとっては有効なサービスです。

サッカーの場合、次なるチームへ移籍したい、他のチームのセレクションを受けたいと思うご家庭が、互いに

顔を合わせなくても意思を伝えることができる、LINEのようなツールを使い、思いを代行させることがあっても不思議ではないかもしれません。

しかし、代行はしてくれるかもしれませんが、自分が希望している思いを自分の言葉で、所属チームや指導者に伝えたとは言い難い行動だと思います。

物事を成し得たい側は、それを受ける側に対して自らの言葉で、自らの想いを伝えることが大切なのではないでしょうか。

なぜ他のクラブのセレクションを受けたいのか。合格した際には、次のチームでどうありたいのかなどを言葉に出して、現所属チームのスタッフに伝えるべきです。その行為が、お世話になった指導者やチームに対する礼儀であり、「頑張っておいで」というエールになるのだと思います。

なかには「担当コーチが嫌だから移籍したい」というケースもあるでしょう。その場合、直接コーチに話をしにくいかもしれません。その場合は他のコーチに思いを伝えるとか、他の保護者に間に入ってもらって、話を進めるのも一つの手段です。いずれにせよ、自分の言葉で気持ちを伝えなければ、相手に対する説得力はありません。

本人の決意を聞かせて欲しい

保護者は決まって「本人がそう言っています」「本人の意思です」「本人とよく話し合って決めました」と言います。

しかし、保護者を呼んで話をするときに、当の子ども自身がその場に来て一緒に話をし、本人の口から「頑張ります」といった決意を聞くことは皆無です。親のみが事務所に来て、話をするばかりです。

私たち指導者は、何も他のクラブに行くなと言っているわけではありません。本人の強い意思を確認したいのです。しかしほとんどのケースが、本人不在のまま進んでいきます。

指導者側からすると、選手がいなくなる上に、その選手から決意表明を聞くことすらできないのです。心穏やかではありません。今まで一生懸命、指導して来た愛弟子がいなくなる寂しさに加え、残念な思いがあっても不思議ではありません。

保護者の皆さんはこの指導者の思いを汲んで、せめて本人と共に希望を伝えに来てください。決意表明を聞かせてください。

親御さんが我が子に言って聞かせたり、教えたり、時には進む方向を指南することがあります。保護者であれば、当然の行動です。

しかし多くの場合、その指南基準は「親御さん自らの経験」がもとになっているのではないでしょうか？ 過去の体験に準じて、方向を定めているのではありませんか？

私は今まで所属したチームの指導者会議やサッカー協会トレセンスタッフ会議、ロヴェストのスタッフ間でもよく話をするのですが、「隣の芝生は青く見えるものだ」と言っています。

例えば他のクラブが何か企画を始めると、選手がそのチームに集まってしまうのではないか。自チームの人数が揃わないのではないかとそわそわしたり、焦ったりします。

保護者はチーム内で、我が子が少しでも上手になると、他のクラブ、レベルの高いチームでチャレンジしたくなるものです。これはサッカーに限らず、世の常なのかもしれません。

小中学生は、育成の年代です。高校、大学に向けた土台作りという意味で、一つの集団（チーム）で「いかに上手くなるか」「いかに仲間と力を合わせるか」「いかに粘り強くやり続けるか」を学ぶ時期として捉えてはいかがでしょうか。

相手の気持ちや強い思いを察するといった、深層心理を汲み取る力、痒い所に手が届く力は、小中学生時代のベースがあればこそなのです。

その観点からも、頻繁に移籍をするのではなく、スキルと心を学ぶことのできる場所に腰を据え、共闘を学び、来る高校・大学時代に備えることに意識を向けて欲しいと思います。

矢印は自らへ

ここまでクラブ側の視点から、保護者の話をしましたが、もし何か問題があるのならば、原因はその家庭や子どもにあるのではなく、そのような状況になってしまったこと自体にあるはずです。

つまり矢印を相手に向けるのではなく、自分自身の指導力やクラブ自身に向けて、考えるべきです。

子どもが「Jクラブのセレクションを受けたい」と思う気持ちは理解できます。環境が良く、質の高い指導者が揃っているとなれば、誰しも入団したいと思うでしょう。しかし、子どもがJクラブではなく、同じ様な他の街クラブに移籍したいと言い出すことには、チームの環境やクラブの体質、指導力などに問題があるのかもしれません。あるいは、保護者や子どもたちがクラブスタッフに対して、直接物を言いにくい雰囲気があることも考えられます。

クラブを経営する側の人間からすると、問題が置きた場合「何かを改善しなければいけない」と考えることが大切です。物が売れないお店、客が入らないお店と同じで、ニーズを満たすための何かが足らないのです。そう考えると、改善点や工夫の余地が見えてくるのではないでしょうか。

ジュニアユース年代のクラブ選び

ジュニア年代でクラブを選ぶ場合、居住地に近いチームを選ぶことが多いです。それがジュニアユース年代になると、子ども自身が希望を持って選んだり、親御さんがクラブの評価を下し、子どもの進む先を選定していることも多いと思います。

いずれにしても、ジュニアユース年代でのクラブ選択においては、クラブ個々の指導者評価、サッカーのクオリティ評価をきちんとすることをお勧めします。

ホームページや人伝い（友達が行くからとか、友達に誘われたからなど）で判断するのではなく、クラブの本質を観る様にしましょう。

多くのクラブは「将来に向けた、人間性の向上」を指導理念に掲げています。ですが、「人間性の向上」を、誰がどの様に指導するのか？　本当にその指導者が、その資質を持ち得ているのかなど、クラブの代表と話をして聞いてみてください。

そしてサッカーのクオリティそのものと、選手に対する扱い方も注意して観てみてください。

クラブチームは有給の専属指導者を雇い、クラブ運営・経営を行っている所もあります。有給の指導者を雇うにはそれなりの資金が必要になるため、多くの収入源を確保しなければならなくなります。その収入源の主たるものが会費です。

クラブの売上を上げ、指導者の人件費を賄うために、大量の選手を入団させる。その結果、試合に出られない選手が発生し、ぞんざいな扱いをされる可能性もゼロではありません。そこは加入を希望する段階で、よく見極めましょう。

また、保護者は指導者に対して「あのコーチは良い、悪い」などの評価をします。その気持ちもわかりますが、何をもとに評価するのでしょうか?

正しい評価をするためには、サッカーの知識だけでなく、コーチング法やコーチング能力とは何か? などを知っていないと、判断することができないはずです。サッカー経験がある、本で読んだ、インターネットで見た程度の知識で、安易に指導者に対してジャッジするのは控えて欲しいところです。

私は日本サッカー協会公認指導者資格であるB級コーチ、C級コーチ、D級コーチの資格認定講習会のチューター(インストラクター)を30年程務めています。

多くの指導者がサッカー指導者資格を取るために、有給休暇を取得するなどして時間を割き、数十万円の受講料や交通宿泊費を払うなど、身銭を切って努力しています。仕事の休暇日に講習会に参加することが多いため、家族の理解や協力のもと、公認指導者ライセンスを取得しているのです。

サッカーの指導者資格も、上位資格ともなると1年以上かけて学び、海外や国内研修を受け、最終資格認定試験(指導実践試験、プレゼンテーション試験、口頭試験、筆記試験)をクリアしなければ認定とはなりません。

もし指導者を査定、評価するのなら、そのような背景も鑑みて行って欲しいですし、できればリスペクトの気持ちを持っていただきたいものです。

指導者と保護者が共に協力して、クラブやサッカーを媒体に、子育てや子どもの躾に努力を怠らない環境を作り出すこと。それこそが共生ではないでしょうか。

10

思い出に残る出来事

ザックジャパンの実現をアシスト

ＪＦＡ公認Ｓ級コーチライセンス（現・ＪＦＡ Ｐｒｏライセンス）を取得するためには、海外研修が必須です。そのため、イタリアへ研修に行きました。

イタリア留学経験のある河村優（のちに姫路獨協大学女子サッカー部監督に招聘）にコーディネートと通訳を依頼し、一緒にジェノアＣＦＣ（イタリア／セリエＡ）、ＡＳリヴォルノ・カルチョ（当時セリエＡ）に行ったのが、２００８年１月でした。

そこではジャンパオロ・コラウッティという、当時イタリアサッカー協会で働いていた人物に力を借り、研修を実現させたのですが、それを縁に今でも交流が続いています。２００９年には指導者講習会の講師として、兵庫県サッカー協会に招聘したこともありました。

２００９年末、ジャンパオロはイタリアサッカー協会のナショナルコーチ職を退任しました。お世話になった彼に「何か仕事を手伝うよ。応援するから、やりたいことはないの？」

イタリア研修でお世話になったジャンパオロ・コラウッティ氏

と訊きました。するとジャンパオロは「イタリア人を日本代表の監督にしたい。もしイタリア人が日本代表監督になったら、私をスタッフとして入れて欲しい」と言うのです。

思いもよらぬ考えに、私は「手伝うとは言ったものの、そんな権限はないから無理だよ」と言いました。「ちなみに、誰か候補はいるの?」と訊くと、ジャンパオロはアリゴ・サッキ(※1)の名前を挙げました。実はこの頃、ジャンパオロはサッキと共にUAEサッカー協会の仕事をしていたのです。

サッキは当時、どのクラブでも監督をしておらずフリーでした。ジャンパオロは私に「ボローニャの駅まで来い。車でサッキの家に連れて行くから」と言うので、私は河村と一緒に、日本からボローニャまで行きました。そして本当に、サッキの家に行ったのです。2010年2月のことでした。

2010年、イタリア・ボローニャのアリゴ・サッキ氏の自宅にて

時期は2010年、南アフリカワールドカップの直前です。当時の日本代表監督はW杯ごとに交代していたので、私たちは岡田武史監督(当時)の続投はなく、日本サッカー協会は次なる監督を探すだろうという前提で動いていました。

サッキの家は、庭にサッカーコートがある邸宅でした。そこで私は日本サッカー協会から来た「大使」という役割で、河村の通訳の元、サッキに日本代表監督を打診しました。サッキは満更でもなく、住所や電話番号を書いたメモを手渡してくれました。

イタリアから帰国後、当時日本サッカー協会の技術委員長を務めていた、原博実氏に電話をして「もしよかったら、次の監督にアリゴ・サッキはどうですか? ツテがあるんですけど」と伝えました。しかし、病気で代表監督を辞したオシム監督の例もあったので、高齢を理由（当時64歳）にNGが出ました。

そう言われたことをジャンパオロに話したら、「じゃあザッケローニはどうだ？ 彼も空いているぞ」と言うのです。

ちなみに私はこの年の3月にユベントスFCで10日間の研修に行っており、チロ・フェラーラ（研修期間中に成績不振で解任）の後任として監督になった、ザッケローニの練習を視察した縁がありました。ザッケローニはシーズン終盤まで、暫定契約期間4ヶ月という契約でフェラーラの後を引き継いでいたので、シーズン終了と同時にフリーになる公算が大きかったのです。

そして2010年4月、原氏に再度電話をして「ザッケローニが空いてるんですけど、どうですか？」と伝えました。そのときは「わかった。頭に入れておくよ」という返事でした。原氏は当時、スペインサッカーに縁がある監督を探していたようです。しかし新聞報道等を見ると、適任者が見つかっていないようでした。

そして8月、お盆前の頃だったと思います、原さんから電話があり「以前、ザッケローニにツテがあるって言ってたよな。つないでくれないか」と言われて、早々に河村経由でジャンパオロに連絡を入れ「日本サッカー協会の技術委員長が会いたがっている」と伝えました。

それ以降は原氏の参謀として行動していた、技術委員の霜田正浩氏とやりとりをして、最終的には双方の代理人、弁護士が取りまとめて、8月末に契約を交わしました。

ザッケローニの監督就任発表があった日、私は大学の「マリンスポーツ実習」という4泊5日の課外授業があり、徳島県阿南市にいました。テレビもない、携帯電話の電波も通らない施設にいたため、大事な会見を観ることができませんでした。

ちなみに私と霜田氏はA級ライセンス取得時の同期で、よく知る間柄でした。彼から電話で「昌子さん、いろいろ聞いているから。よろしく！」と言われたので「（契約まで）頼むよ」といった話をしました。

その後、ジャンパオロもスタッフとして来日し、日本国内でプレーする有望選手の発掘や海外でプレーしている日本人選手の把握といった仕事をしていました。

私は何度もイタリアに行っていたので、彼らの緻密なサッカーは、日本人に合うと思っていました。過去にイタリア人が日本代表の監督になったことはありませんでしたが、常々もしそうなったら面白いなと思っていたのです。

2023年、ザッケローニ氏と

ちなみにザッケローニの参謀に、アルバレッティというコーチがいたのですが、彼とジャンパオロの2人は、私が監督を務める姫路獨協大学がイタリアに行った際、トレーニング指導をしてくれていました。日本代表のヘッドコーチに直接指導を受けられることの凄さを、姫路獨協大学の選手はピンときてない様子でしたが（笑）。

ジャンパオロを始め、イタリア人と縁を持てたことも、原氏と出会ったきっかけも、霜田氏と縁ができたことも、ヴィッセル神戸を解任された後、枠が決まった組織に入らず、フレーム自体を作ることができる環境（姫路獨協大学）に飛び込んだところから始まったと言えます。

当時の私は兵庫県サッカー協会の技術委員長になり、ＪＦＡの会議に行くようになってからどんどん人脈が広がり、いくつもの縁が重なりました。何事も周りの追い風、タイミングです。

「守破離」という言葉があります。守って、破って、離れる。今振り返ると、指導者になった神戸ＦＣ時代には「指導者とはなんぞや？」を学び、覚える時期でした。

ヴィッセル神戸時代は経験を元に、自分の色（考えや方法）を注入し、試してみる時期。そして姫路獨協大学では、組織から離れて、自分の考えや哲学で新たな屋号を作る時期でした。まさに守破離を実践して来た様に思います。

イタリアでの活動や代表監督招聘に関わったことも、それに似たところがあったと感じています。できないと思っていても、やってみたら案外できた。それが経験となり、今までと違う何かをしたくなる。その繰り返しです。

（※1）アリゴ・サッキ：1946年生まれ。イタリアセリエAでパルマやミランなどの監督を歴任。1987年からのミラン時代にはゾーンプレス戦術を編み出し、UEFAチャンピオンズカップ2連覇、インターコンチネンタルカップ2連覇を成し遂げる。1992年にイタリア代表監督就任。1994年アメリカで開催されたワールドカップで準優勝。その後はレアル・マドリードフロント、イタリアサッカー協会ユースコーディネーターなどの要職を務める。

往年の名選手に股抜きをする

1998年に、アジアサッカー連盟、オランダサッカー協会、日本サッカー協会が共催し、ナイキが協賛して開催された講習会がJヴィレッジでありました。（正式名：AFC/KNVB/JFA/NIKE Course for AFC Instructors C-license）

この講習会は、オランダサッカー協会の「ダッチビジョン」がベースになっていました。当時、欧州ではオランダ発祥の「クワトロゲーム」という4人制サッカーが推奨されており、日本でもそれを学ぶために実施されたのだと思います。

また、日本国内のコーチングコースのあり方の見直しも相まっていた時期でした。この講習会は2週間という長い期間、実施されたもので、初日にJリーグの試合を視察し、翌日にその試合の分析から導き出した改善トレーニングを考え、指導実践を行うといったものでした。今ではS級やA級ライセンス講習会で取り入れられていますが、当時は初めての手法だったと思います。

この講習会は誰もが参加できるものではなく、9地域協会や各団体の推薦が必要で、私はJリーグからの推薦をもらい参加しました。

オランダサッカー協会では、プロライセンス講習プログラムの中に、海外研修が組み込まれていたようで、往年の名選手であったヨハン・ニースケンス氏が講師という形で参加していました。

私は高校生の頃より、ヨハン・クライフを中心としたオランダのトータルフットボールに興味があり、ニースケンス選手のプレーにも注目していました。とても好きな選手でしたので、会った時に「本物だ!」とテンションが上りました。

講習会も終盤に入り、雨の中で受講生同士の試合がありました。ニースケンス氏も加わり、一緒に試合ができたのは良い思い出です。

当時の彼は40歳半ばだったと思いますが、往年のスターだけありプレーがキチッとしていました。ある場面で、私は彼に股抜きをしたのですが、すると目の色を変えて激しくボールを奪いに来ました。最終的に、後ろから『ニースケンスタックル』を受け、「やっぱりこのレベルの人は負けず嫌いやな」と感じたのを覚えています。

講習会終了後に、この講習会の内容を冊子にまとめたのですが、実はこの冊子が姫路獨協大学へ、教員として採用されるときの決め手になったのです。大学の教員になるには論文、書籍、社会実績など、何かしらの成果、実績が必要なのですが、私の場合はこの冊子でした。

人間は変われる生き物

サッカー指導の世界には、日本サッカー強化が発行する指導ライセンスがあります。日本サッカー協会は1988年に指導者資格C級コーチ→B級コーチ→A級コーチという図式を完成させ、1992年にS級コーチ資格を制定、1997年にはD級コーチを制定させました。それを受けて、翌1998年には各指導者資格の講師を育てる「インストラクター（現・チューター）制度」を制定しました。

1990年前後、JFA B級コーチライセンスを取るのは狭き門でした。当時は各県から2年に1回、1人だけ推薦できるといった「順番待ち」の時代がありました。私の番が回ってきたのは29歳の頃でした。それでも早い方だったようです。無事にB級を取得できたので、次はA級を取ることにしました。

A級取得に際しては、関西サッカー協会の推薦が必要（各都道府県ではなく、9地域サッカー協会からの推薦制度）だったので、当時の関西技術委員長にお願いに行きました。しかし、なかなか推薦がもらえません。あとから聞いたところ、神戸FCに「昌子を行かせることはできない」という電話があったそうです。理由は、B級の時の成績が悪いからだそうです。

私にはB級の成績がどの様なレベルだったのかは分からないのと（開示されていない）、知ったとしてもどうしようもないものです。上級の資格を取得できないレッテルを貼られたことに、大きなショックを受けました。しかしながら、こんな一時期の採点のために、この先の指導者人生が左右されるなんてあり得ない話です。

人間は変われる生き物です。色々な失敗や間違いを経て成長し、様々な経験を糧に学んでいくのです。この時「いつか上級ライセンスを取ってやる」と決意し、日々一生懸命、現場に立ちました。結果、ヴィッセル神戸への移籍という話が舞い込み、Jリーグの世界で経験を積むことができ、Jリーグ推薦を頂いて、A級を受講できることになりました。

この頃から「人間は変われる生き物」という言葉が好きになり、ことある毎に伝えています。犬や猫、動物は変われません。人間だけです、変われる生き物は。

S級を取得するまでには、JFAが主催する様々な講習会に参加しました。今は開催されていませんが、C級やB級ライセンスが整備されていない頃、西日本と東日本に分かれて行われた『少年サッカー指導者講習会』というものがありました。

私が27歳の時、1991年7月に佐賀県で開催された、宿泊を伴う指導実践型講習会で、かなりきつかったことを覚えています。

当時、ナショナルコーチングスタッフを務めていた、広島大河FC創設者の浜本敏勝先生と愛媛・今越《いまお》FC創設者の矢野敏宣先生に、ご指導いただきました。四国から参加していた受講生に鰹を差し入れしてもらい、皆で食べたことは忘れられません。

2023年、兵庫県サッカー協会主催の兵庫フットボールカンファレンスで県技術委員長としてプレゼン

兵庫県サッカー協会の技術委員長に就任

２００６年に兵庫国体があり、これを機に兵庫県の技術関連を動かしてきた、執行部が勇退することになりました。そして２００７年より、私が技術委員長を務めることになりました。

私が兵庫県の技術委員長になった頃は、１９９８年、２００２年、２００６年と３度のワールドカップが終わり、日本代表がどんどん強くなってきた時代でした。

それに合わせて、指導者養成部門も大きな変革を遂げ始めていました。１９９８年にＪＦＡ強化指針という冊子が発刊され、当時の日本サッカー協会・田嶋幸三会長（現・日本サッカー協会名誉会長：２００６年ＪＦＡ専務理事、２０１６~２０２３年ＪＦＡ会長）が「日本サッカーを変えましょう」と言っていました。

日本サッカーがあらゆる面で向上するために「地域の活性化が必要だ」「地方がエネルギーを持たなければならない」という考えのもと、様々な取り組みを進める姿に賛同し、心を揺さぶられたのを覚えています。田嶋氏は私がＡ級ライセンスを取得した時の講師でもあり、以降ご縁をいただきました。

技術委員長になると、指導者仲間に対して、無理難題のお願いをしなければならない時もあります。皆、仕事の合間にボランティア状態で、トレセン指導や指導者養成事業の役職を受け負ってくれています。そんな仲間たちを奮い立たせ、地元兵庫県の子どものために時間を割いてもらうのですから、私自らが背中で見せなければならないと思い、自己啓発とさらなる理論武装をするため、S級ライセンス取得を目指しました。

２００７年に兵庫県サッカー協会の技術委員長に就任し、２年かけて「２００９年の約束」という題名で10カ年計画の目標を発表しました。

私は、たくさんのプロ選手や代表選手を育てることも大切だと思っていますが、何よりサッカーの普及率を上げることが重要だと考えていました。

そのために、指導者の育成や子どもたちのサッカー環境を整備することに力を入れました。この二兎を追えば、結果的に代表選手も育つと考えたのです。

しかし、一人では何もできません。兵庫県は13の都市協会に分かれているので、各都市協会の活性化、協力なくして実現は不可能です。実施したいことのテーマは挙げますが、方法論は地域協会の事情に合わせてやってほしいと考えました。

そのため、最終的には各都市協会の専務理事長会議が開催されていた淡路島まで行ってプレゼンテーションを行ったり、各都市協会会長のところに行き、協力を求めて回ったりもしました。

「皆さんの応援が得られれば、理事会に提出し、総会に提案します。そこで賛同が得られれば、兵庫県のコンセプトになりますから」と段取りを踏んで進めました。そして都市協会会長や専務理事には「これらを実行する上で障害となる予算や会場の問題については、技術委員長である私に言ってください。できる限り、県協会で対応します」と伝えました。これは当時の田嶋会長が言っていた方針に沿ったものだと思っています。

そういったプロセスを踏むことが、全員の理解を得ることになり、正当性を生みます。きちんとした手順を踏めば、「そんな話、私は聞いてない」という人はいなくなります。

クラブ運営でも、子どもの指導でも、皆が納得するような手順で進めることが大切なのです。それは相手が大人でも子どもでも同じです。

この頃に、物事を推し進めるためには「どこをどう押さえるか」「まず誰に相談すると良いか」など、手順を考える習慣が身につきました。

２００９年に出した計画の振り返りを、２０１９年に行い、それを区切りに技術委員長を辞めようと思っていましたが、コロナ禍の影響等もあり、世の中が落ち着きを得た２０２３年を最後に、退くことにしました。


【サッカー協会技術委員長時代の実績】

◎海外における指導者研修会・日本国内における外国人指導者研修会 実施実績
２００８年 S級ライセンス海外研修
イタリア セリエA ジェノア　ガスペリーニ監督
イタリア ACリヴォルノ　カモレーゼ監督
２００９年 神戸ウイングスタジアム指導者研修会
講師ジャンパオロ・コラウッティ氏（元日本代表アシスタントコーチ）
２０１０年 兵庫県サッカー協会海外指導者研修会　団長
イタリア セリエA ユベントスFC　チロ・フェラーラ監督→ザッケローニ監督 ※元日本代表監督
２０１０年 神戸ウイングスタジアム指導者研修会
講師 アントニオ・ディ・ムシャーノ（イタリアナショナル指導者養成コーチ）

2010年 兵庫県サッカー協会海外指導者研修会・in UAE 団長
クラブW杯視察・講義研修
講師 マルコ・フランチェスコ・マルケッティ氏（セリエA約400試合出場）
2012年 兵庫県サッカー協会海外指導者研修会 団長
イタリア セリエA A.S.ローマ ルイス・エンリケ監督 ※元スペイン代表監督
2013年 兵庫県サッカー協会海外指導者研修会 団長
イタリア セリエA A.C.フィオレンティーナ モンテッラ監督 ※元ミラン監督
元ミラン／ユヴェントス所属ジュゼッペ・ガルデリージ氏（ヴェローナでスクデット獲得）
2014年 兵庫県サッカー協会海外指導者研修会
イタリア セリエA A.S.ローマ ルディ・ガルシア監督 ※元マルセイユ監督

◎兵庫県サッカー協会　国体選抜海外キャンプ兼海外指導者研修会　実施実績
2015年3月12日〜22日　8泊10日
ドイツ：ホッフェンハイム／オーストリア：ザルツブルグ
2016年3月11日〜21日　8泊10日
ドイツ：ホッフェンハイム、ケムニッツ
2017年3月11日〜21日　8泊10日
ポーランド：クラクフ（アウシュビッツ）／ドイツ：ベダウ

２０１８年3月10日～21日　9泊11日
ドイツ：シュツットガルト／オーストリア：ザルツブルグ
２０１９年3月9日～20日　9泊11日
ドイツ：ホッフェンハイム、マンハイム、フォルツナデュッセルドルフ
ベルギー：オイペン、スタンダールリエージュ

◎兵庫県サッカー国体選抜少年チームからプロになった選手たち　※技術委員長在任期間

２０１５年
本山　遥　ファジアーノ岡山→ヴィッセル神戸
神戸　康輔　栃木ＳＣ
谷川　勇磨　クリアソン新宿（ＪＦＬ）※引退
持井　響太　東京ヴェルディ→アスルクラロ沼津→ＦＣ今治
西矢　健人　サガン鳥栖

２０１６年
上月　翔聖　ＦＣ大阪→高知ユナイテッド
木村　勇大　京都サンガ→ツエーゲン金沢→東京ヴェルディ

２０１７年
小田　裕太郎　ヴィッセル神戸→ハーツ（スコットランド）
山内　翔　ヴィッセル神戸
加藤　悠馬　いわきＦＣ

2018年　望月　想空　FC大阪
　　　　西矢　慎平　カターレ富山
　　　　松井　治輝　FC今治→FCマルヤス岡崎→福山シティFC
2019年　該当者なし

森保監督との出会い

2006年に日本サッカー協会ナショナルトレセンコーチの仕事を請け負ったのですが、業務の中にB級ライセンス講習会のインストラクターがありました。

この講習会は前期と後期に分かれており、それぞれに1週間のプログラムが組まれています。その内容は多岐に渡りますが、特に重視されるのが指導実践です。実技力に加えてゲームの分析から改善トレーニングのプランニング、そしてトレーニング時の指導力が問われます。

講習会は2人のチューター（旧インストラクター）で受け持つのですが、事前に日本サッカー協会が開催する、チューター研修を受けなければなりません。事前研修では、我々インストラクターもテーマに沿った指導実践を行い、受講生に伝える講義や実技の内容をディスカッションし、プログラムを組み上げていきました。

2007年の講習会は私とペアを組む予定のインストラクターが参加できなくなり、急遽、別のインストラクターが来てくれました。

それが現在の日本代表監督、森保一氏でした。彼は2004年1月に現役を引退し、U‐20代表コーチを務めていた頃でした。

その時が互いに初対面でした。森保さんは私のことを「まさこ（昌子）さんですか？」と言い、私は「もりほいちさんですか？」と返し、講習会の打ち合わせがスタートしました。

一週間の講習会を二人で実施していく中で、いろいろな話をしたり、互いに刺激を受け合ったりして過ごしました。

その後、ＪＦＡの会合等でもお会いする機会があったり、ロシアワールドカップでは代表チームのキャンプ地（カザン）でもお会いできました。息子は代表チームでもご指導いただいたりと、親子ともどもお世話になり、今でも縁が続いています。

私は「先天性口唇口蓋裂」という病気を持って生まれた様です。〝様です〟とあいまいな表現になるのは、はっきりとした病名も症状も知らないまま、2017年3月に父が、2022年11月に母が亡くなり、真実を知る人がこの世に居なくなったからです。

生まれてこの方、この病気に関して知ろうという気持ちはありませんでした。両親が生きている間に、この病気に関して尋ねたこともありません。

月日が流れ、ネット社会になった昨今、多少知ることができました。

この病気は言語発声に少し影響が出るもので、それが故に子どもの頃から、人に揶揄されたものでした。そのような体験から、小さい頃から自分に気を向けるために男女問わずチョッカイをかけ、目立とうとしていました。その行動が嫌がられていたとも知らず……。

小学校4年生の時、学級裁判にかけられました。黒板の前に立た

おわりに

された私に向けて、クラスのみんなが、私の良くないところを次々に述べるのです。これは強烈な記憶として残っています。

お陰でそれ以来、自分で言うのも恥ずかしいですが、とても良い子になりました。人の心を察し、人の立場を考えて行動できる様になりました。

好きなものは好きとハッキリ言えるようになり、やり遂げる意志は固くなりました。私の生き様に不可欠なキャラクターが芽生え、サッカー指導者に必要な洞察力を身につけた瞬間だったのかもしれません。

学級裁判自体は当時も今も教育上、問題だとは思いますが、咎めないでください。なにせ52年も前のことで、本人である私が納得しているのですから（笑）。

病気のことを気にせず、人前に出て立ち振る舞うことができたのは、両親が私に対して「強く生きろ」と言わんばかりに躾けてくれたお陰です。

この病気は先天性であり、母体からの影響を受けることが多いそうです。障害を持って生まれた子の親や、お腹を痛めて生み育てた母親の苦しみは、想像に難くありません。

私が病気を公にしたのは初めてです。妻にだけは話をしていますが、子どもにも親族にも話をしたことはありません。

ですが、同じ障害を持った教え子に出会ったことがあります。その子のご両親は、不安な気持ちや心配な胸の内を明かしてくれました。

おそらくその親御さんは、私を見たとき「自分の子と同じ障害を持っている」と気づいたことでしょう。

そのときに思いました。「子どもの見本になろう」「子どもを勇気づけよう」「自分がやりたいことは叶えることができる」「自分が気にしていなければ障害とは言わないんだ」といったことを伝えることが、自分の役割なのではないかと。

見た目や声（発音）を気にして、暗くなる必要はない。元気に明るく振る舞い、生き生きとしていることが大切なのだ。「私を見て！」と言える様にしてあげたい。そう思う様になりました。

そんな気持ちを私に植え付け、躾けてくれた両親の思いを少しでも伝えて行く。これが私のライフワークであり、サッカー指導者としての原点なのかもしれません。

最後になりますが、この本を読んだ方が、指導者としてどうあるべきか、子どもにどう指導していくのか、我が子とどう向き合っていくのかなど、子どもと接する際の参考になれば幸いです。

2025年3月　昌子　力

著者 PROFILE

昌子 力 (しょうじ・ちから)

1963年島根県生まれ。島根県立松江北高校から大阪体育大学を経て、指導者の道へ。86年神戸 FC でジュニア世代の育成に携わり、95年からはヴィッセル神戸でトップチームコーチや下部組織の育成統括責任者を歴任し、育成やトップチームの現場で指導にあたる。98年に監督に就任した同ユースを全国レベルにし、99年に J ユースカップで優勝。2002年からは当時、関西学生リーグ 3 部だった姫路獨協大学サッカー部を率い、08年に1部昇格。11年に総理大臣杯出場に導いた。現在は兵庫県神戸市西区を本拠地として活動するロヴェスト神戸の代表を務める。指導者としてこれまで3歳〜80歳までの男女共、様々なカテゴリーで指導に携わってきた。08年に S 級ライセンス(現·JFA Pro ライセンス)を取得。Jリーグ FC町田ゼルビア所属 DF 昌子源選手の父。

力の源

藍より青く

2025年3月18日初版第一刷発行

著　者…昌子力
発行所…株式会社 竹書房
〒102-0075
東京都千代田区三番町8番地1 三番町東急ビル6階
E-mail info@takeshobo.co.jp
URL https://www.takeshobo.co.jp

印刷所…共同印刷株式会社